Das erotische Leben der Prostituierten Sofie

INHALTSVERZEICHNIS

1.1 Sofies Leben zwischen Dunkelheit und Hoffnung

Die schmalen Gassen von Eldorheim bildeten ein Labyrinth aus Licht und Schatten, in dem Neonlichter in grellen Farben flackerten und die Geister der Vergangenheit über die Pflastersteine huschten. An einer Straßenecke verharrte Sofie, ihre Hände tief in den Taschen ihrer abgetragenen Jacke vergraben, während sie die pulsierende Energie der Stadt um sich herum aufnahm. Die Lichter zogen sie an, wie ein Nachtfalter zur Flamme, doch sie war sich bewusst, dass diese Anziehung auch mit Gefahr verbunden war. In diesen Augenblicken fühlte sie sich lebendig und gleichzeitig verloren, gefangen in einem ständigen Spannungsfeld zwischen dem Drang nach Freiheit und der bedrückenden Realität ihres Lebens.

Jeder Tag stellte einen Kampf um Sicherheit dar, ein Überlebensspiel, das sie in die dunklen Ecken der Stadt führte. Erinnerungen an ihre Kindheit und die Träume, die sie einst hegte, schienen unerreichbar und verblasst in der Ferne zu liegen. Sie dachte an die Zeit zurück, als sie noch glaubte, dass das Leben mehr sein könnte als das, was sie jetzt führte. Diese Gedanken schossen durch ihren Kopf, während sie an den Neonlichtern vorbeiging, die die Nacht erhellten und gleichzeitig die Abgründe ihrer Existenz beleuchteten.

„Was bedeutet Freiheit für mich?" fragte sie sich oft in ihren inneren Monologen. Diese Frage schien sie zu verfolgen, während sie durch die Straßen schlenderte, umgeben von Menschen, die ihre eigenen Kämpfe führten. Jeder Blick, jede Berührung, jede Interaktion war ein weiterer Schritt auf dem schmalen Grat zwischen Hoffnung und Verzweiflung. Sie wollte mehr, wollte aus diesem Leben entkommen, doch die Ketten ihrer Vergangenheit hielten sie fest.

Die Stadt lebte und atmete um sie herum. Das Geräusch von lauter Musik, das Lachen der Menschen und das Klirren von Flaschen vermischten sich zu einem chaotischen Klangteppich, der sowohl anziehend als auch beängstigend war. Sofie beobachtete die Gesichter der Passanten, suchte nach einem Funken von Verständnis oder Mitgefühl, doch oft fand sie nur Gleichgültigkeit. Die Einsamkeit war ihr ständiger Begleiter, selbst inmitten der Menge.

„Ich bin nicht wie die anderen," dachte sie, während sie an einem Straßencafé vorbeiging, wo ein Paar lachend zusammen saß. Ihre Herzen schienen leicht und unbeschwert, während sie Sofies eigene Lasten erdrückten. Sie erinnerte sich an ihre Träume von einem anderen Leben, von einem Ort, an dem sie nicht ständig auf der Hut sein musste, an dem sie nicht ständig um ihre Sicherheit kämpfen musste. Doch die Realität war gnadenlos und ließ keinen Raum für Illusionen.

In den stillen Momenten, wenn die Stadt zur Ruhe kam und die Neonlichter ein sanftes Glühen abgaben, reflektierte Sofie über die Entscheidungen, die sie getroffen hatte. Wie war sie hierhergekommen? Was hatte sie dazu gebracht, in den Schatten zu leben? Diese Fragen schmerzten, und die Antworten waren oft schwer zu ertragen. Sie fühlte sich gefangen in einem Netz aus Erinnerungen und Entscheidungen, die sie nicht mehr rückgängig machen konnte.

Doch tief in ihrem Inneren brannte ein Funke der Hoffnung. Es war die Sehnsucht nach Freiheit, die sie antrieb, die sie dazu brachte, jeden Tag aufzustehen und weiterzumachen. Diese Sehnsucht wurde verstärkt durch die Erinnerungen an verlorene Träume, die sie wie Geister verfolgten. Sie wollte nicht nur überleben; sie wollte leben. Und in diesen Gedanken fand sie einen Hauch von Stärke, eine leise Stimme, die ihr zuflüsterte, dass es einen Ausweg geben musste.

Als sie weiterging, spürte sie die Augen der Stadt auf sich gerichtet. Eldorheim war ein Ort voller Geheimnisse und Geschichten, und sie war ein Teil davon. Die Straßen waren Zeugen ihrer Kämpfe, ihrer Träume und ihrer Hoffnungen. Sofie wusste, dass sie nicht allein war, dass es andere wie sie gab, die ebenfalls nach einem Ausweg suchten. Diese Erkenntnis gab ihr Mut, auch wenn die Dunkelheit oft überwältigend schien.

„Ich werde nicht aufgeben," murmelte sie leise zu sich selbst, während sie die nächste Straßenecke erreichte. „Ich werde kämpfen, bis ich meine Freiheit finde." Diese Entschlossenheit war ihr Licht in der Dunkelheit, und sie wusste, dass sie eines Tages die Ketten sprengen würde, die sie festhielten. Der Weg war steinig und voller Hindernisse, aber die Sehnsucht nach einem besseren Leben trieb sie voran, und sie war bereit, alles zu riskieren, um ihre Träume zu verwirklichen.

1.2 Der schmale Grat zwischen Überleben und Träumen

Über Sofies Gesicht flackerten die Neonlichter von Eldorheim, während sie durch die düsteren Gassen der Stadt wanderte. Jeder Schritt auf dem kalten, harten Asphalt stellte einen unaufhörlichen Kampf dar, der zwischen dem Überleben im Rotlichtmilieu und den leidenschaftlichen Träumen in ihrem Herzen tobte. Die pulsierende Energie der Stadt umhüllte sie, doch das Gefühl der Gefangenschaft überwältigte sie, als wäre sie in einem Labyrinth aus Angst und Verzweiflung gefangen. In diesen einsamen Momenten stellte sie sich oft die Frage, ob es einen Ausweg aus diesem Leben gab.

Die Begegnung mit Lucian war wie ein Lichtstrahl, der die Dunkelheit durchbrach. Er war ein Künstler, dessen Leidenschaft für Kreativität sie tief berührte. Sein Blick auf die Welt war einzigartig; er entdeckte Schönheit, wo andere nur Verfall sahen. Sofie fühlte sich von seiner Energie angezogen, als würde sie von einem Magneten angezogen. Doch während sie sich in seinen Worten verlor, nagte die ständige Bedrohung durch Anton an ihr. Anton, der skrupellose Zuhälter, war nicht nur eine Figur aus ihrer Vergangenheit, sondern auch ein Schatten, der über ihrer Zukunft schwebte.

In ihren inneren Monologen kämpfte Sofie mit den gegensätzlichen Kräften, die in ihr tobten. Einerseits war da die Hoffnung, die Lucian in ihr weckte. Er ermutigte sie, ihre kreativen Talente zu erkunden, und zeigte ihr, dass es mehr im Leben gab als das, was sie bisher gekannt hatte. Andererseits war da die Angst vor Anton, die wie ein ständiger Begleiter in ihrem Leben war. Ihre Gedanken waren ein ständiger Kampf zwischen dem Verlangen nach Freiheit und der Realität, die sie gefangen hielt. Werde ich jemals aus diesem Leben entkommen? fragte sie sich immer wieder, während die Schatten ihrer Vergangenheit sie verfolgten.

Die Spannung zwischen ihren Wünschen und der Realität, in der sie lebte, wurde unerträglich. Sie wollte mehr sein als nur eine Prostituierte in den Augen der Stadt. Sie wollte träumen, leben und lieben. Doch die Angst vor dem, was Anton tun könnte, ließ sie nicht zur Ruhe kommen. In den stillen Nächten, wenn die Stadt schlief, quälten sie die Gedanken an ihre Träume, die wie zarte Flügel in der Dunkelheit flatterten, aber immer wieder von der Realität zurückgehalten wurden.

Die ständigen Erinnerungen an die Gewalt und die Manipulation, die Anton ausübte, ließen Sofie oft in einem Zustand der Paralyse zurück. Sie wusste, dass sie sich ihm nicht einfach entziehen konnte. Seine Macht über sie war wie ein unsichtbares Netz, das sie festhielt und erstickte. Was würde passieren, wenn ich versuche, zu fliehen? Diese Frage stellte sie sich immer wieder, während sie in den Gassen umherstreifte, die Neonlichter über ihr flimmerten und die Geräusche der Stadt wie ein hypnotischer Rhythmus in ihrem Kopf dröhnten.

Doch inmitten dieser inneren Zerrissenheit blühte eine leise Hoffnung auf. Lucians Worte hallten in ihrem Kopf wider, und sie spürte, wie ein Funke in ihrem Herzen aufloderte. Vielleicht kann ich es schaffen, dachte sie. Vielleicht kann ich die Ketten sprengen, die mich festhalten. Doch der Weg war steinig und voller Gefahren. Die ständige Bedrohung durch Anton war wie ein Schatten, der nie ganz verschwand. Sofie wusste, dass sie eine Entscheidung treffen musste, eine Entscheidung, die ihr Leben für immer verändern könnte.

Die Gedanken an Lucian gaben ihr Kraft, aber die Angst vor Anton ließ sie oft zögern. Kann ich ihm wirklich vertrauen? fragte sie sich, während sie in den dunklen Gassen von Eldorheim umherirrte. Sie wollte glauben, dass es einen Ausweg gab, dass sie die Freiheit finden konnte, nach der sie sich so sehr sehnte. Doch die Realität war gnadenlos, und die Schatten ihrer Vergangenheit schienen sie unaufhörlich zu verfolgen.

In den stillen Momenten, wenn die Stadt zur Ruhe kam, war es schwer, die innere Zerrissenheit zu ignorieren. Sofie stand am Rande des Abgrunds, zwischen dem, was sie kannte, und dem, was sie sich wünschte. Werde ich jemals den Mut finden, zu kämpfen? Diese Frage blieb unbeantwortet, während die Neonlichter über ihr flackerten und die Stadt in ein geheimnisvolles Licht tauchten. Die Dunkelheit war überall, aber in ihrem Herzen brannte ein kleiner Funke der Hoffnung, der sie dazu drängte, weiterzukämpfen.

1.3 Ein schicksalhaftes Treffen mit Lucian

Die Neonlichter von Eldorheim flimmerten über Sofies Gesicht, während sie in die düstere Gasse eintrat, die zu Lucians Atelier führte. Nervosität durchzog sie, vermischt mit einer unbestimmten Vorfreude. In dieser Welt voller Farben und Kreativität schien die Dunkelheit ihrer Realität für einen Moment zu verblassen. Sie atmete tief ein, als sie die Tür öffnete und das Atelier betrat, das von warmem Licht durchflutet war.

Lucian stand an der Leinwand, seine Hände voller Farbe, sein Blick konzentriert. Als er sie bemerkte, hellte sich sein Gesicht auf, und für einen kurzen Augenblick schien die Zeit stillzustehen. „Sofie", sagte er mit einer Stimme, die wie Musik in ihren Ohren klang. „Komm rein." Sein Lächeln war ein Lichtstrahl in der Dunkelheit, der ihr Herz schneller schlagen ließ.

Sie trat näher, und die Atmosphäre des Raumes umhüllte sie wie eine warme Decke. Die Wände waren mit seinen Gemälden bedeckt, jedes Stück ein Fenster in seine Seele. Sofie fühlte sich wie ein Kind, das in einen neuen, aufregenden Traum eintaucht. „Es ist wunderschön hier", flüsterte sie, während sie die Farben betrachtete, die lebendig und pulsierend waren.

„Danke", antwortete Lucian, während er die Pinsel ablegte und sich zu ihr umdrehte. „Jedes Bild erzählt eine Geschichte. Ich hoffe, du kannst die Schönheit darin sehen." Seine Augen funkelten vor Leidenschaft, und Sofie spürte, wie ihre eigenen inneren Kämpfe in den Hintergrund traten. Hier gab es keinen Anton, keine Bedrohung – nur Lucian und die Kunst.

„Ich wünschte, ich könnte auch so fühlen", gestand sie und senkte den Blick. „Ich bin nur...

„Du bist mehr, als du denkst", unterbrach er sie sanft. „Jeder hat das Potenzial, etwas Wunderschönes zu schaffen. Du musst nur den Mut finden, es zu zeigen." Seine Worte trafen sie wie ein sanfter Schlag, und für einen Moment fühlte sie sich verstanden. In diesem Atelier war sie nicht nur Sofie, die Prostituierte; sie war Sofie, die Träumerin.

„Aber was ist, wenn ich scheitere? Was ist, wenn ich nicht gut genug bin?" Ihre Stimme war kaum mehr als ein Flüstern, doch Lucian trat näher und nahm ihre Hände in seine. Seine Berührung war warm und beruhigend, und sie spürte, wie ihre Ängste für einen Moment schwanden.

„Scheitern ist Teil des Prozesses", sagte er. „Es bedeutet, dass du es versuchst. Und jeder Versuch bringt dich näher zu dem, was du wirklich bist." Sofie sah in seine Augen, und für einen kurzen Moment vergaß sie die Schatten ihrer Vergangenheit. Lucians Blick war voller Verständnis und Hoffnung, und sie fühlte sich in seiner Gegenwart sicher.

„Ich möchte es versuchen", sagte sie schließlich, und die Entschlossenheit in ihrer Stimme überraschte sie selbst. „Ich möchte meine eigene Geschichte erzählen."

„Das ist der erste Schritt", lächelte Lucian. „Lass uns gemeinsam anfangen." Er führte sie zu einem Tisch, der mit Farben und Pinseln bedeckt war. Sofie zögerte einen Moment, dann griff sie nach einem Pinsel und tauchte ihn in die Farbe. Als sie die erste Linie auf die Leinwand zog, fühlte sie sich lebendig, als ob die Farben ihre Seele berührten.

Doch während sie malte, schlich sich die Realität zurück in ihren Geist. Anton war immer noch da, ein Schatten, der über ihrem Leben schwebte. Die Angst, dass er alles zerstören könnte, was sie gerade aufbaute, nagte an ihr. Aber Lucians Anwesenheit gab ihr Kraft. Sie wusste, dass sie nicht allein war.

„Sofie", sagte Lucian plötzlich, seine Stimme ernst. „Egal, was passiert, du musst stark bleiben. Du bist mehr als nur das, was andere von dir sehen."

Seine Worte hallten in ihrem Herzen wider, und sie nickte, obwohl die Vorahnung, dass sich ihr Leben bald drastisch verändern könnte, wie ein schwerer Schleier über ihr lag. In diesem Moment, zwischen der Kreativität und der drohenden Gefahr, erkannte Sofie, dass sie bereit war, für ihre Freiheit zu kämpfen. Sie würde nicht zulassen, dass Anton sie davon abhielt, die Frau zu werden, die sie sein wollte.

Die Farben auf der Leinwand begannen zu verschmelzen, und während sie malte, spürte sie, wie sich eine zarte Verbindung zwischen ihr und Lucian entwickelte. Diese Verbindung war mehr als nur eine Flucht aus der Realität; sie war ein Versprechen, dass es einen Ausweg aus der Dunkelheit gab. Sofie wusste, dass sie sich auf einen gefährlichen Weg begab, aber mit Lucian an ihrer Seite fühlte sie sich bereit, ihn zu beschreiten.

SOFIE

2.1 Lucians faszinierende Welt der Kreativität

In Lucians Atelier erwachten die Farben zu einem lebendigen Spiel, während die Formen wie Tänzer durch den Raum schwebten. Inmitten der tristen, erdrückenden Realität von Eldorheim war dieser Ort ein Lichtstrahl, der Sofie unwiderstehlich anzog. Die Wände waren mit Gemälden geschmückt, die eine tiefgreifende Emotionalität ausstrahlten und sie in ihren Bann zogen. Hier war Kunst nicht nur ein Ausdruck kreativer Energie, sondern auch ein Spiegelbild der komplexen Gefühle, die Lucian in sich trug. Jeder Pinselstrich erzählte eine Geschichte – Geschichten von Schmerz, Hoffnung und dem Streben nach Freiheit.

Als Sofie das Atelier betrat, fühlte sie sich sofort in eine andere Dimension versetzt. Der Duft frischer Farbe vermischte sich mit dem Aroma von Kaffee, der aus einer kleinen Ecke des Raumes strömte. Lucian saß an einem Tisch, umgeben von seinen Materialien, und sein Blick war auf ein neues Werk gerichtet, das gerade Gestalt annahm. Die Art und Weise, wie er sich auf die Leinwand konzentrierte, fesselte sie. Es war, als ob er die Welt um sich herum vergessen hätte, während er in seine kreative Blase eintauchte.

Sofie beobachtete ihn eine Weile, unfähig, sich von der Anziehungskraft seiner Präsenz loszureißen. Sie spürte die Leidenschaft, die in jedem seiner Bewegungen pulsierte. Es war eine Leidenschaft, die sie selbst nie gekannt hatte, eine Flamme, die in ihr zu lodern begann, als sie die Farben sah, die er auf die Leinwand brachte. Lucians Fähigkeit, die Welt durch die Linse der Kunst zu sehen, öffnete ihr die Augen für die Möglichkeiten, die jenseits ihrer düsteren Realität lagen.

„Was denkst du?", fragte Lucian plötzlich, ohne den Blick von seiner Arbeit abzuwenden. Sofie zuckte zusammen, überrascht, dass er sie bemerkt hatte. „Ich… ich finde es wunderschön", stammelte sie, während sie versuchte, ihre Gedanken zu ordnen. „Es ist, als ob die Farben leben."

Lucian lächelte, und in diesem Moment fühlte Sofie, wie ihr Herz einen Schlag aussetzte. „Kunst ist Leben", sagte er mit einer Stimme, die sowohl sanft als auch eindringlich war. „Sie ist der Ausdruck unserer innersten Gefühle. Manchmal müssen wir unsere Ängste und Zweifel auf die Leinwand bringen, um sie loszulassen."

Diese Worte hallten in Sofies Kopf wider. Sie hatte nie darüber nachgedacht, dass Kunst eine Flucht sein könnte, ein Weg, um die eigenen Dämonen zu konfrontieren. In ihrem Leben hatte sie immer nur überlebt, ohne jemals wirklich zu leben. Doch hier, in Lucians Atelier, spürte sie, dass es mehr gab – mehr als die schattigen Gassen von Eldorheim, mehr als die ständige Angst vor Anton und seinen Machenschaften.

„Kannst du mir zeigen, wie?", fragte sie leise, fast schüchtern. Lucian drehte sich zu ihr um, und seine Augen funkelten vor Begeisterung. „Natürlich! Lass uns gemeinsam entdecken, was in dir steckt." Seine Einladung war wie ein Funke, der in Sofie ein Feuer entfachte. Sie wollte mehr als nur die Schatten ihrer Vergangenheit hinter sich lassen; sie wollte die Farben ihres Lebens neu gestalten.

Die Stunden vergingen wie im Flug, während Lucian ihr die Grundlagen der Malerei beibrachte. Er zeigte ihr, wie man mit Pinselstrichen Emotionen einfängt, wie man Farben mischt, um die richtigen Nuancen zu finden. Sofie war überrascht von der Leichtigkeit, mit der sie die Farben auf die Leinwand brachte. Es war, als ob die Farben mit ihr kommunizierten, als ob sie ihre innere Welt widerspiegelten.

Doch während sie in dieser neuen Welt der Kreativität schwebte, nagte die ständige Bedrohung durch Anton an ihrem Geist. Die Erinnerungen an die dunklen Gassen, in denen sie lebte, waren nicht weit entfernt. Sofie wusste, dass sie sich nicht nur gegen die äußeren Umstände behaupten musste, sondern auch gegen die inneren Ängste, die sie seit Jahren begleiteten. Lucians Atelier war ein Ort der Inspiration, aber die Realität wartete draußen, und sie musste einen Weg finden, beides miteinander zu verbinden.

„Kunst ist ein Weg zur Selbstverwirklichung", hatte Lucian gesagt, und in diesem Moment verstand Sofie, dass sie die Kontrolle über ihr eigenes Leben zurückgewinnen konnte. Die Farben, die sie malte, wurden zu einem Symbol ihrer Hoffnung, ihrer Sehnsucht nach Freiheit. Lucians Leidenschaft für die Kunst war nicht nur ein Katalysator für ihre Entwicklung; sie war der Schlüssel zu ihrem neuen Leben.

Mit jedem Pinselstrich, den sie setzte, begann Sofie, die Ketten ihrer Vergangenheit zu sprengen. In Lucians Atelier fand sie nicht nur Inspiration, sondern auch den Mut, sich selbst zu entdecken. Und während die Dunkelheit von Eldorheim weiterhin drohte, wusste sie, dass sie einen Weg finden würde, um zu kämpfen – für ihre Träume, für ihre Freiheit und für die Liebe, die sie in Lucians Augen sah.

2.2 Sofies innere Konflikte und erste Eindrücke

Als Sofie Lucian zum ersten Mal sah, war es, als würde sie in eine unbekannte Dimension eintauchen. Die Neonlichter von Eldorheim, die ihre Nächte gewöhnlich erhellten, wirkten in diesem Augenblick blass und bedeutungslos. Lucians Atelier stellte einen Ort dar, an dem Farben und Formen lebendig wurden, ein Raum, der vor Kreativität pulsierte und gleichzeitig eine unheimliche Anziehungskraft ausübte. Sofie fühlte sich sowohl angezogen als auch verängstigt von dieser neuen Realität, die sich vor ihr entfaltete. Ihre innere Zerrissenheit wuchs mit jedem Atemzug, den sie in dieser neuen Umgebung nahm.

Die ersten Eindrücke von Lucian waren gemischt. Er war nicht nur ein Künstler, sondern auch ein Mensch mit einer tiefen, komplexen Seele, die in seinen Augen funkelte. Sofie konnte die Leidenschaft spüren, die ihn antrieb, und gleichzeitig die Schatten seiner eigenen Vergangenheit, die ihm folgten. Sie fragte sich, ob sie in der Lage wäre, sich ihm zu öffnen, während sie gleichzeitig von der Angst überwältigt wurde, verletzt zu werden. Diese Angst war nicht neu für sie; sie war ein ständiger Begleiter in ihrem Leben im Rotlichtmilieu. Doch Lucian war anders. Er schien sie zu sehen, nicht nur die Fassade, die sie nach außen hin präsentierte, sondern das, was tief in ihr verborgen lag.

In den Gesprächen, die sie mit ihm führte, spürte Sofie eine Welle von Emotionen, die sie nie zuvor erlebt hatte. Lucian sprach über Kunst, Freiheit und die Schönheit des Lebens auf eine Weise, die Sofie sowohl inspirierte als auch verunsicherte. Seine Worte waren wie Pinselstriche auf einer Leinwand, die ihre innersten Wünsche und Ängste zum Leben erweckten. Sofie fand sich in einem emotionalen Auf und Ab wieder, zwischen dem Wunsch, sich ihm zu nähern, und der Angst, dass er sie eines Tages verlassen könnte, so wie es viele andere zuvor getan hatten.

Die kreative Umgebung, in der sie sich befand, war für Sofie sowohl berauschend als auch beängstigend. Sie fühlte sich wie ein Fisch auf dem Trockenen, der verzweifelt nach Wasser suchte. Ihre Unsicherheiten wurden durch die Farben und Formen um sie herum verstärkt. Während Lucian mit Leichtigkeit und Anmut seine Kunstwerke schuf, kämpfte Sofie mit dem Gedanken, dass sie selbst nichts von Bedeutung hervorbringen könnte. Der Druck, sich in dieser neuen Welt zu beweisen, war erdrückend. Sie stellte sich immer wieder die Frage: "Bin ich wirklich bereit, mich zu öffnen? Kann ich es wagen, verletzlich zu sein?"

In diesen Momenten der Selbstzweifel schlich sich die Stimme ihrer Vergangenheit in ihren Kopf. Erinnerungen an die dunklen Gassen von Eldorheim, in denen sie gezwungen war, sich zu behaupten, überlagerten die Hoffnungen, die Lucian in ihr weckte. Sie erinnerte sich an die Male, als sie sich von anderen Menschen enttäuscht fühlte, an die Versprechen, die gebrochen wurden, und an die Träume, die sie aufgegeben hatte. Die Kluft zwischen ihrem alten Leben und dem, was Lucian ihr bot, schien unüberwindbar. Sie war hin- und hergerissen zwischen dem Drang, ihre Mauern einzureißen, und der Angst, dass die Welt, die sie so lange gekannt hatte, sie wieder einholen könnte.

Die Leser erleben Sofies emotionale Achterbahn hautnah. Ihre inneren Konflikte sind greifbar, während sie versucht, sich in Lucians kreativer Umgebung zurechtzufinden. Es ist ein ständiger Kampf zwischen dem Wunsch nach Nähe und der Angst vor Verletzung. Diese Dynamik vertieft die Themen von Verletzlichkeit und Identität, während Sofie sich fragt, ob sie wirklich bereit ist, sich zu öffnen. In einem Moment der Klarheit erkennt sie, dass sie die Kontrolle über ihr eigenes Schicksal hat, aber die Frage bleibt: Wird sie den Mut finden, diesen Schritt zu wagen?

Der Raum um sie herum wird zu einem Spiegel ihrer inneren Kämpfe. Jedes Kunstwerk, das Lucian schafft, wird zu einem Symbol für die Freiheit, die sie so sehr begehrt, und gleichzeitig zu einem ständigen Reminder an die Ketten, die sie noch immer festhalten. Sofie steht am Rande eines Wandels, und während sie sich auf diese neue Reise begibt, bleibt die Frage offen, ob sie die Kraft finden kann, sich von ihrer Vergangenheit zu befreien und die Liebe und Kreativität zu umarmen, die Lucian ihr bietet.

2.3 Ein Funke der Hoffnung entfacht

Die Neonlichter von Eldorheim pulsieren in einem hypnotisierenden Rhythmus, während Sofie und Lucian in der kleinen, chaotischen Galerie stehen, die für Sofie wie ein Tor zu einer anderen Dimension wirkt. Die Wände sind mit lebhaften Farben geschmückt, die Geschichten erzählen, die sie selbst nie gewagt hätte, auszusprechen. Umgeben von Kunst und Kreativität, fühlt sie sich lebendig – als ob die Schatten ihrer Vergangenheit für einen flüchtigen Moment verblassten.

„Siehst du das?" fragte Lucian und deutete auf ein Gemälde, das eine verworrene Stadtlandschaft darstellt, in der Licht und Dunkelheit miteinander ringen. „Es ist nicht nur Chaos. Es ist auch Schönheit." Seine Stimme war sanft, doch voller Überzeugung. Sofie nickte, während sie die Farben betrachtete, die in einem faszinierenden Tanz miteinander verschmolzen. In diesem Augenblick spürte sie, wie ein zarter Funke der Hoffnung in ihrem Herzen aufblühte.

„Ich möchte auch malen", gestand sie leise, ihre Stimme kaum mehr als ein Flüstern. Die Vorstellung, einen Pinsel in die Hand zu nehmen und ihre innersten Gedanken auf eine Leinwand zu bringen, schien gleichzeitig beängstigend und aufregend. Lucians Augen leuchteten auf, als er sie ansah, und in diesem Blick lag eine unmissverständliche Unterstützung.

„Du hast das Talent, Sofie. Du musst es nur entdecken. Lass die Farben deine Emotionen sprechen", ermutigte er sie, und seine Worte drangen tief in ihr Inneres ein. Sie fühlte sich, als könnte sie tatsächlich aus dem Gefängnis ihrer eigenen Ängste ausbrechen. Lucian war nicht nur ein Künstler; er war ein Lichtstrahl in ihrer Dunkelheit, ein Mentor, der ihr half, die Ketten zu sprengen, die sie festhielten.

Doch während die Hoffnung in ihr wuchs, schwebte die ständige Bedrohung durch Anton wie ein dunkler Schatten über ihren Gedanken. Die Erinnerung an seine drohende Präsenz ließ ihr Herz schneller schlagen. Was würde passieren, wenn er von ihrer neuen Leidenschaft erfuhr? Was, wenn er versuchte, sie wieder in die Dunkelheit zurückzuziehen? Diese Fragen nagten an ihr, während sie versuchte, den Mut zu finden, sich dem Unbekannten zu stellen.

„Was ist, wenn ich scheitere?" fragte sie, die Unsicherheit schwang in ihrer Stimme mit. „Was, wenn ich nicht gut genug bin?" Lucian trat näher, seine Augen suchten die ihren. „Scheitern ist ein Teil des Prozesses. Jeder Künstler hat seine Kämpfe. Aber du wirst nie wissen, was du erreichen kannst, wenn du es nicht versuchst." Seine Worte waren wie ein sanfter Wind, der die Flamme ihrer Hoffnung anfachte.

„Und was ist mit Anton?" fragte sie, ihre Stimme zitterte vor Angst. „Er wird alles tun, um mich zurückzuhalten." Lucian legte seine Hand auf ihre Schulter, und in diesem einfachen Kontakt spürte sie eine Welle von Stärke. „Wir werden einen Weg finden, ihn zu konfrontieren. Du bist nicht allein, Sofie. Ich werde an deiner Seite stehen."

In diesem Moment, unter dem warmen Licht der Galerie, begann Sofie zu begreifen, dass Freiheit nicht nur ein Ziel war, sondern ein ständiger Kampf. Es war ein Prozess, der Mut erforderte, und sie war bereit, diesen Weg zu gehen. Sie fühlte, wie die Angst langsam von ihr abfiel, ersetzt durch eine neu entdeckte Entschlossenheit.

„Ich werde es versuchen", sagte sie schließlich, und ihre Stimme war jetzt stark und klar. „Ich werde meine Geschichte erzählen, egal wie schwierig es wird." Lucian lächelte, und in seinen Augen sah sie den Glauben, den er in sie setzte. Diese Verbindung zwischen ihnen war mehr als nur eine romantische Anziehung; es war eine Partnerschaft, die auf Vertrauen und gegenseitiger Unterstützung basierte.

Als sie die Galerie verließen, umhüllte die kühle Nachtluft sie, und die Neonlichter funkelten wie Sterne am Himmel. Sofie fühlte sich, als wäre sie auf dem Weg zu etwas Größerem. Ihre innere Reise hatte gerade erst begonnen, und obwohl die Bedrohung durch Anton weiterhin im Hintergrund lauerte, war sie entschlossen, sich nicht von ihrer Angst leiten zu lassen.

Die Stadt pulsierte um sie herum, ein lebendiges Wesen voller Möglichkeiten und Herausforderungen. Sofie wusste, dass der Weg zur Selbstverwirklichung steinig sein würde, aber sie war bereit, ihn zu gehen. Und mit Lucian an ihrer Seite fühlte sie sich stärker als je zuvor. Ein Funke der Hoffnung war entfacht worden, und sie war entschlossen, ihn zu einem lodernden Feuer zu machen.

Die Neonlichter von Eldorheim pulsieren über den engen Gassen, während Sofie in der Dunkelheit verweilt und die Klänge der Stadt um sie herum aufnimmt. Vertraute Geräusche umhüllen sie, ein ständiges Rauschen aus Lachen, Geschrei und dem fernen Dröhnen von Musik, das durch die Wände der Clubs dringt. Doch trotz dieser Lebhaftigkeit umgibt sie eine tiefe Einsamkeit, als wären die Menschen um sie herum nur Schatten, die sie nicht berühren kann. In dieser Einsamkeit entfaltet sich ihre Sehnsucht nach Lucian, einem Mann, der ihr in den letzten Wochen mehr Hoffnung geschenkt hat, als sie je für möglich gehalten hätte.

Jede Erinnerung an ihre Gespräche mit ihm erscheint wie ein zarter Lichtstrahl, der die Dunkelheit ihrer Realität durchbricht. Sie denkt an sein Lächeln, das wie ein Sonnenstrahl auf ihrem Gesicht liegt, und an die Art, wie er sie ansieht, als könnte er in ihre Seele blicken. Kann ich ihm wirklich vertrauen? Diese Frage beschäftigt sie oft, während sie durch die Straßen schlendert, in denen Anton, der skrupellose Zuhälter, seine Macht ausübt. Sofies Gedanken wandern zurück zu den Momenten, in denen Lucian sie ermutigt hat, ihre kreativen Talente zu erkunden. Es ist, als hätte er ihr die Augen geöffnet für eine Welt jenseits des Rotlichtmilieus, eine Welt voller Farben und Möglichkeiten.

Doch die ständige Angst vor Antons Einfluss schwebt wie ein Schatten über ihr. Sofie kann nicht anders, als sich vorzustellen, was geschehen würde, wenn Anton von ihrer Beziehung zu Lucian erfährt. Ihre innere Zerrissenheit wächst mit jedem Tag. Auf der einen Seite steht die Sehnsucht nach Freiheit und Selbstverwirklichung, die Lucian in ihr geweckt hat. Auf der anderen Seite die Realität, dass Anton sie mit einem einzigen Blick zerstören könnte. Diese duale Existenz macht es ihr schwer, sich zu entscheiden, ob sie den Schritt wagen soll, Lucian näher zu kommen oder sich von ihm fernzuhalten, um sich selbst zu schützen.

In ihren inneren Monologen reflektiert Sofie über ihre Ängste und Wünsche. Was, wenn ich ihn verliere? Diese Frage schmerzt sie, denn die Vorstellung, Lucian zu verlieren, ist unerträglich. Sie hat in ihm nicht nur einen Freund gefunden, sondern auch einen Verbündeten, jemanden, der sie versteht und akzeptiert, ohne sie zu verurteilen. Sofie fühlt sich wie eine Gefangene in ihrem eigenen Leben, gefangen zwischen dem Wunsch nach Liebe und der Notwendigkeit, sich selbst zu schützen. Werde ich jemals aus diesem Leben entkommen können? Diese Gedanken kreisen unaufhörlich in ihrem Kopf, während sie versucht, einen klaren Kopf zu bewahren.

Die Erinnerungen an Lucians Worte sind wie ein Anker in der stürmischen See ihrer Emotionen. Er hat gesagt, dass jeder Mensch das Recht auf seine Träume hat, unabhängig von seiner Vergangenheit. Diese Botschaft ist in Sofies Herzen eingraviert, doch die Angst vor dem Unbekannten lässt sie zögern. Kann ich wirklich glauben, dass ich mehr sein kann als das, was ich jetzt bin? Die Frage hallt in ihrem Inneren wider, während sie durch die Straßen von Eldorheim geht, die von den Neonlichtern in ein gespenstisches Licht getaucht werden.

Als sie an einer Wand mit einem verblassten Graffiti vorbeigeht, das einst ein Kunstwerk gewesen ist, denkt sie an Lucians Atelier. Der Ort, an dem Farben lebendig werden und Geschichten erzählen, ist für sie ein Symbol der Hoffnung. Doch der Gedanke an Anton lässt diese Hoffnung wie einen schmalen Lichtstrahl erscheinen, der von dunklen Wolken verdeckt wird. Sofie weiß, dass sie sich entscheiden muss. Entweder sie lässt die Angst gewinnen und bleibt in ihrer gewohnten Dunkelheit, oder sie wagt den Schritt ins Licht, auch wenn es bedeutet, sich den Herausforderungen zu stellen, die vor ihr liegen.

In dieser Nacht, als die Stadt um sie herum pulsiert, spürt Sofie die wachsende Sehnsucht nach Lucian stärker denn je. Es ist eine Sehnsucht, die sie in ihrer Einsamkeit tröstet, aber auch quält. Ich muss herausfinden, ob ich ihm wirklich vertrauen kann, denkt sie entschlossen. Diese Erkenntnis ist der erste Schritt auf ihrem Weg zur Selbstverwirklichung. Die Verbindung zwischen ihr und Lucian ist tief, und sie weiß, dass sie bereit sein muss, alles zu riskieren, um die Freiheit zu finden, nach der sie sich so sehr sehnt.

3.2 Die Kluft zwischen ihren Welten

In diesem Abschnitt werden die Lebensrealitäten von Sofie und Lucian schärfer konturiert. Lucian bewegt sich in einer Sphäre voller Kreativität und Freiheit, während Sofie in den Fängen des Rotlichtmilieus gefangen ist. Diese Kluft wird zur Quelle von Konflikten, da Sofie sich fragt, ob sie jemals in Lucians Welt leben kann. Die Neonlichter von Eldorheim blitzen in der Dunkelheit, und während Lucian in seinem Atelier von Farben und Formen umgeben ist, sieht Sofie sich in den schattigen Gassen der Stadt gefangen, wo jede Ecke eine Erinnerung an ihre Kämpfe birgt.

In ihren inneren Monologen reflektiert Sofie über die Abgründe, die zwischen ihr und Lucian klaffen. Sie denkt an die Freiheit, die er verkörpert, und an die Ketten, die sie binden. "Kann ich jemals aus dieser Dunkelheit entkommen?", fragt sie sich, während sie an den Wänden ihres Zimmers lehnt, die mit Graffiti und Erinnerungen an verlorene Träume bedeckt sind. Lucians Welt scheint so fern, so unerreichbar. Er spricht von Kunst, von Möglichkeiten, von einer Zukunft, die sie sich nicht einmal vorstellen kann. Für Sofie ist die Realität oft ein Kampf ums Überleben, während Lucian in seiner Kreativität aufgeht.

Die Kluft zwischen ihren Welten wird greifbar, als Sofie beginnt, sich in Lucians Gegenwart zu verlieren. Sein Lächeln ist wie ein Lichtstrahl in ihrer dunklen Existenz, und sie fühlt sich von seiner Leidenschaft für die Kunst angezogen. Doch gleichzeitig spürt sie die Schwere ihrer eigenen Realität. "Wie kann ich ihm meine Welt zeigen?", fragt sie sich. Die ständige Bedrohung durch Anton, ihren Zuhälter, schwebt über ihr wie ein dunkler Schatten. Sie weiß, dass Anton nicht nur eine Gefahr für ihre Freiheit ist, sondern auch für die zarte Verbindung, die zwischen ihr und Lucian entsteht.

Die emotionale Intensität ihrer inneren Kämpfe wird verstärkt, als Sofie sich in Lucians Atelier wiederfindet. Umgeben von seinen Werken, die das Leben und die Freiheit feiern, fühlt sie sich gleichzeitig inspiriert und verloren. "Was habe ich erreicht?", denkt sie, während sie auf die Leinwände blickt, die mit Farben leuchten, die sie nie gekannt hat. In diesem Moment wird ihr klar, dass sie mehr als nur eine Prostituierte ist; sie ist eine Frau mit Träumen, die darauf warten, verwirklicht zu werden. Doch die Frage bleibt: Wird Lucian sie jemals so sehen?

Die Spannung zwischen ihren Welten wird in den Gesprächen, die sie führen, immer greifbarer. Lucian spricht von Ausstellungen, von Reisen und von der Freiheit, die die Kunst mit sich bringt. Sofie hingegen hat das Gefühl, dass jede ihrer Entscheidungen von Anton kontrolliert wird. Sie ist hin- und hergerissen zwischen dem Wunsch, Lucian näher zu kommen, und der Angst, ihn in ihre dunkle Welt zu ziehen. "Ich kann ihn nicht verlieren", denkt sie verzweifelt, während sie an die ständigen Drohungen von Anton denkt. Ihre Gedanken kreisen um die Frage, ob sie jemals den Mut finden wird, für ihre Träume zu kämpfen.

In einem Moment der Klarheit erkennt Sofie, dass sie nicht länger in der Dunkelheit gefangen bleiben kann. Ihre Sehnsucht nach Freiheit wird zu einem Antrieb, der sie dazu bringt, ihre Ängste zu konfrontieren. "Ich muss es versuchen", murmelt sie leise, während sie sich vorstellt, wie es wäre, in Lucians Welt zu leben. Doch die Realität holt sie schnell ein. Anton ist immer noch da, ein ständiger Schatten, der ihre Schritte verfolgt. "Kann ich wirklich aus diesem Leben entkommen?", fragt sie sich erneut, während sie die Entscheidung trifft, einen Plan zu schmieden, um ihre Träume zu verwirklichen.

Die Leser erleben Sofies innere Kämpfe und ihre wachsende Entschlossenheit, auch wenn die Umstände gegen sie sprechen. Es ist ein ständiger Kampf zwischen Hoffnung und Verzweiflung, zwischen der Sehnsucht nach Freiheit und der Realität ihrer Gefangenschaft. Die Kluft zwischen ihren Welten wird nicht nur zu einer Quelle von Konflikten, sondern auch zu einem Antrieb für Sofie, die sich entschließt, alles zu riskieren, um die Liebe und das Leben zu finden, die sie sich so sehr wünscht. In diesem Moment wird die Spannung zwischen ihren Welten greifbar, und die Leser können nur hoffen, dass Sofie den Mut findet, den ersten Schritt in Richtung ihrer Träume zu wagen.

3.3 Ein Kuss unter dem Neonlicht

Unter den flimmernden Neonlichtern von Eldorheim standen Sofie und Lucian einander gegenüber, umhüllt von der kühlen Nachtluft. Ihre Herzen pulsierten im Takt des lebendigen Rhythmus der Stadt, die um sie herum pulsierte und atmete. In diesem Augenblick schien die Welt stillzustehen, als ob die Zeit selbst den Atem anhielt, um den Zauber zwischen ihnen festzuhalten. Sofies Augen suchten die seinen, und in Lucians tiefen, warmen Blicken entdeckte sie eine Spiegelung ihrer eigenen Sehnsüchte und Ängste.

„Ich habe so lange gewartet, um das zu fühlen", flüsterte Sofie, ihre Stimme kaum mehr als ein Hauch, der in der Nacht verschwand. Lucian trat einen Schritt näher, seine Präsenz überwältigend und doch beruhigend. „Es ist, als ob ich endlich den Mut finde, meine Träume zu verfolgen", gestand sie, während ihre Gedanken an die Dunkelheit zurückkehrten, die sie umgeben hatte. Die Schatten ihrer Vergangenheit schienen in diesem Moment nicht mehr so bedrohlich, als sie sich in Lucians Nähe wähnten.

Lucian lächelte sanft, seine Augen funkelten wie die Lichter über ihnen. „Du bist nicht allein, Sofie. Wir sind zusammen in diesem Kampf." Seine Worte waren wie ein Versprechen, das die Kluft zwischen ihren Welten zu überbrücken schien. Sofie fühlte, wie die Hoffnung in ihr aufblühte, und für einen kurzen Augenblick schien alles möglich. Sie spürte, wie sich ihre Angst in etwas Wunderschönes verwandelte – in eine tiefe Verbindung, die sie beide über die Herausforderungen hinwegtragen könnte.

Doch inmitten dieser zarten Intimität schlich sich die ständige Bedrohung durch Anton in Sofies Gedanken. Der Gedanke an ihn war wie ein Schatten, der über ihre Freude fiel. Sie wusste, dass er nicht weit entfernt war, und die Vorstellung, dass er ihre neu gefundene Hoffnung zerstören könnte, ließ ihr Herz schwer werden. „Was ist, wenn er uns findet? Was, wenn er dir wehtut?" Ihre Stimme zitterte, als sie die Realität ihrer Situation aussprach.

Lucian legte eine Hand auf ihre Wange, seine Berührung war sanft und fest zugleich. „Wir werden einen Weg finden, damit umzugehen. Du bist stärker, als du denkst, und ich werde nicht zulassen, dass er dir schadet." In diesem Moment fühlte Sofie, wie die Wärme seiner Worte sie umhüllte, wie ein Lichtstrahl, der die Dunkelheit durchbrach. Sie wollte glauben, dass sie gemeinsam stark genug waren, um Antons Einfluss zu überwinden.

Die Luft um sie herum knisterte vor Spannung, und Sofie konnte das Verlangen in Lucians Blick spüren. Es war, als ob die Welt um sie herum verblasste, und nur sie beide zählten. Langsam neigte sich Lucian zu ihr, und ihre Herzen schlugen schneller. Sofie schloss die Augen und ließ sich von dem Moment mitreißen. Als ihre Lippen sich trafen, war es, als ob die Neonlichter um sie herum explodierten, ein Feuerwerk aus Farben und Emotionen, das in ihrem Inneren widerhallte.

Der Kuss war süß und gleichzeitig voller Dringlichkeit, ein Ausdruck all der unausgesprochenen Worte und Gefühle, die zwischen ihnen schwebten. Sofie fühlte, wie sich die Last ihrer Vergangenheit für einen Moment auflöste, und sie war einfach nur Sofie – eine Frau, die geliebt wurde und die lieben konnte. Lucians Hände umschlossen sanft ihr Gesicht, und sie erwiderte seine Zärtlichkeit mit einer Leidenschaft, die sie selbst überraschte.

Doch als sie sich voneinander lösten, war die Realität wie ein kalter Windstoß, der sie wieder einholte. Sofie öffnete die Augen und sah Lucians besorgten Ausdruck. „Was ist, wenn Anton uns findet?" fragte sie, ihre Stimme jetzt voller Unsicherheit. „Was, wenn wir nicht entkommen können?"

Lucian nahm ihre Hände in seine, und seine Augen funkelten vor Entschlossenheit. „Dann kämpfen wir. Zusammen." Seine Worte waren ein Schwur, und in diesem Moment fühlte Sofie, dass sie nicht nur für sich selbst kämpften, sondern auch für die Zukunft, die sie sich beide wünschten. Doch die Frage blieb in der Luft hängen: Wie würden sie gegen die Dunkelheit ankämpfen, die Anton verkörperte? Und was würde es kosten, ihre Freiheit zu erlangen?

Mit einem letzten Blick auf die glühenden Neonlichter von Eldorheim, die sowohl Hoffnung als auch Gefahr symbolisierten, wusste Sofie, dass dies erst der Anfang war. Ihre Verbindung zu Lucian war stark, aber die Herausforderungen, die vor ihnen lagen, waren noch nicht überwunden. Die Unsicherheit nagte an ihr, während sie sich fragte, ob ihre Liebe stark genug war, um die Dunkelheit zu besiegen, die immer noch über ihnen schwebte.

4.1 Der skrupellose Zuhälter und seine Machenschaften

In Eldorheim pulsiert das Leben im Takt der Neonlichter, doch hinter dieser glitzernden Oberfläche lauert eine düstere Wahrheit. Anton, der rücksichtslos agierende Zuhälter, regiert diese Schattenwelt mit unbarmherziger Strenge. Sein Einfluss erstreckt sich weit über die engen Gassen hinaus, in denen Sofie gefangen ist. Er ist nicht nur ein Mann, der Frauen verkauft; er ist ein virtuoser Manipulator, dessen brutale Methoden selbst die stärksten Seelen in die Knie zwingen können.

In den schmalen Gassen, wo das flackernde Licht der Neonreklamen die Dunkelheit durchdringt und die Luft von einer Mischung aus Angst und Verzweiflung durchzogen ist, wird Sofie von Erinnerungen an Anton heimgesucht. Jedes Mal, wenn sie ihm begegnet, überkommt sie ein Gefühl der Ohnmacht. Die kalten Blicke, die Drohungen, die wie ein Schatten über ihr schweben, lassen sie nicht los. Anton hat die Fähigkeit, selbst die kleinste Hoffnung zu ersticken, und oft fragt sie sich, wie sie jemals aus seinem Einflussbereich entkommen kann.

„Er ist wie ein Schatten", denkt Sofie in einem Moment der inneren Reflexion. „Immer da, immer präsent, egal wie sehr ich versuche, ihn zu ignorieren." Diese Gedanken quälen sie, während sie durch die Straßen wandert, auf der Suche nach einem Funken Freiheit. Die Angst vor Anton ist allgegenwärtig, und sie spürt, wie sie sie in ihrer täglichen Existenz gefangen hält. Es ist nicht nur die Furcht vor seinen brutalen Methoden, sondern auch die ständige Erinnerung daran, dass er der Grund für viele ihrer verlorenen Träume ist.

Anton hegt eine persönliche Vendetta gegen Lucian, den geheimnisvollen Künstler, der Sofies Herz erobert hat. Lucian ist nicht nur ein Lichtblick in Sofies tristem Leben, sondern auch eine Bedrohung für Anton. Die Rivalität zwischen den beiden Männern entfaltet sich in einem gefährlichen Spiel um Macht und Kontrolle. Anton sieht in Lucian nicht nur einen Konkurrenten, sondern einen Feind, der seine Autorität in Frage stellt. Diese Dynamik erhöht die Spannung in Sofies Leben, da sie sich zwischen zwei Männern befindet, die beide unterschiedliche Welten repräsentieren.

„Was würde Anton tun, wenn er wüsste, dass ich Zeit mit Lucian verbringe?", fragt sich Sofie immer wieder. Die Vorstellung, dass Anton Lucian etwas antun könnte, erfüllt sie mit Schrecken. Ihre Gedanken sind ein ständiger Kampf zwischen der Sehnsucht nach Liebe und der Angst vor Verlust. „Kann ich wirklich für meine Träume kämpfen, wenn Anton ständig über mir schwebt?" Diese Fragen plagen sie, während sie versucht, einen Weg zu finden, um sich aus dieser Situation zu befreien.

Die Erinnerungen an Anton sind nicht nur schmerzhaft, sie sind auch lehrreich. Sofie hat gelernt, dass sie stark sein muss, um in dieser rauen Welt zu überleben. Doch die Stärke, die sie aufbaut, wird oft von der Angst untergraben, die Anton in ihr weckt. „Ich kann nicht zulassen, dass er mich kontrolliert", murmelt sie leise, während sie in den Spiegel schaut und die Entschlossenheit in ihren Augen sieht. „Ich muss einen Plan schmieden."

Doch wie kann sie einen Plan entwickeln, wenn die Gefahr so nah ist? Sofies innere Monologe spiegeln ihre Verzweiflung wider, während sie darüber nachdenkt, wie sie Anton konfrontieren kann. Sie weiß, dass sie sich ihm stellen muss, aber der Gedanke daran ist überwältigend. „Was, wenn ich scheitere? Was, wenn er mich zerstört?" Diese Ängste lähmen sie, und sie fühlt sich gefangen in einem Netz aus Bedrohungen und Unsicherheiten.

Die Straßen von Eldorheim sind ein Labyrinth aus Möglichkeiten und Gefahren. Sofie erkennt, dass sie nicht nur gegen Anton kämpfen muss, sondern auch gegen die gesellschaftlichen Konventionen, die Frauen wie sie in die Enge treiben. „Ich will nicht mehr Opfer sein", denkt sie entschlossen. „Ich will die Kontrolle über mein Leben zurückgewinnen." Diese Erkenntnis gibt ihr einen Hauch von Hoffnung, auch wenn die Realität ihrer Situation sie immer wieder einholt.

Die Dunkelheit, die Anton umgibt, ist erdrückend, aber Sofie spürt, dass es einen Ausweg geben muss. „Ich kann nicht zulassen, dass er mich besiegt", flüstert sie, während sie sich auf den Weg macht, um ihre Träume zu verfolgen. Die bevorstehenden Herausforderungen erscheinen gewaltig, doch in ihrem Herzen brennt ein Funke der Entschlossenheit. „Ich werde kämpfen, egal was es kostet."

4.2 Sofies Angst vor Antons Einfluss

In der Stille von Eldorheim lastete ein drückendes Schweigen, das nur sporadisch vom Rauschen der Neonlichter durchbrochen wurde. Sofie saß in einer schattigen Ecke eines kleinen Cafés, die Tasse Kaffee fest in ihren Händen, während ihre Gedanken wie ein wütender Sturm um sie kreisten. Anton war nicht nur eine Bedrohung für ihre Freiheit; er war ein Schatten, der über all ihren Hoffnungen schwebte. Die Vorstellung, dass er ihre Träume zertrümmern könnte, ließ ihr Herz schneller schlagen und ihre Hände zittern.

In den letzten Wochen hatte sich etwas in Sofie verändert. Lucian, mit seiner Leidenschaft für die Kunst und seinem tiefen Verständnis für die zerbrechliche Schönheit des Lebens, hatte ihr eine neue Perspektive eröffnet. Doch je näher sie ihm kam, desto mehr spürte sie die Kälte von Antons Einfluss, der wie ein unheilvoller Nebel über ihrer Beziehung lag. Sie wusste, dass Anton nicht zögern würde, ihr alles zu nehmen, was sie liebte, wenn er nur einen Hauch von Schwäche witterte.

„Was, wenn er Lucian findet? Was, wenn er ihn verletzt?" Diese quälenden Gedanken verfolgten Sofie in stillen Momenten, während sie versuchte, sich auf ihre kreativen Ambitionen zu konzentrieren. Der Gedanke, dass Anton die Menschen um sie herum manipulieren konnte, ließ sie frösteln. Er hatte nicht nur Macht über sie, sondern auch über die Welt, in der sie lebte. Die ständige Sorge, dass er ihre Träume in Stücke reißen könnte, nagte an ihrem Selbstvertrauen und ihrer Entschlossenheit.

In ihren inneren Monologen kämpfte Sofie mit der Frage, ob sie stark genug war, um sich gegen Anton zu behaupten. „Ich kann nicht zulassen, dass er mich kontrolliert", murmelte sie leise zu sich selbst, während sie die dampfende Tasse betrachtete. Doch die Unsicherheit nagte an ihr. Hatte sie wirklich die Kraft, sich gegen einen Mann zu stellen, der so viele Frauen wie Spielzeuge behandelt hatte? Ihre Gedanken drifteten zu Lucian, dessen Unterstützung ihr immer wieder neuen Mut gab. Doch was, wenn sie ihn in Gefahr brachte?

Die Vorstellung, dass Anton Lucian als Bedrohung ansehen könnte, war unerträglich. Sofie stellte sich vor, wie Anton mit seinen kalten, berechnenden Augen auf Lucian herabblickte, während er ihm drohte, alles zu zerstören, was Sofie liebte. Diese Vorstellung ließ ihr Herz schwer werden. „Ich kann nicht zulassen, dass er das tut", dachte sie verzweifelt. „Ich muss einen Weg finden, mich zu wehren." Doch wie? Die Gedanken schienen sich in einem endlosen Kreislauf zu drehen, der sie immer tiefer in die Dunkelheit zog.

Als sie in die Gesichter der anderen Gäste schaute, erkannte sie, dass viele von ihnen ähnliche Kämpfe führten. Jeder trug seine eigenen Narben, und jeder hatte seine eigenen Dämonen. Sofie fühlte sich wie ein Teil dieser Gemeinschaft, und doch war sie allein in ihrem Kampf gegen Anton. Es war, als ob sie in einem Labyrinth gefangen war, aus dem es kein Entkommen gab. „Ich kann nicht aufgeben", flüsterte sie, während sie sich an die Worte von Lucian erinnerte: „Kunst ist der Weg zur Freiheit."

Die Idee, dass sie durch Kunst ihre Stimme finden könnte, war ein Lichtstrahl in der Dunkelheit. Doch die ständige Bedrohung durch Anton war wie ein Schatten, der sie verfolgte. „Wenn ich versage, wird er alles nehmen", dachte sie, während sie den Blick auf die Straße richtete, wo die Neonlichter flackerten und die Schatten tanzten. Sofie wusste, dass sie kämpfen musste, nicht nur für sich selbst, sondern auch für Lucian und die Träume, die sie gemeinsam hatten.

In diesem Moment der Klarheit schwor sie sich, dass sie nicht zulassen würde, dass Anton sie oder Lucian auseinanderbrachte. Sie würde einen Plan schmieden, um sich gegen ihn zu behaupten. Die Themen von Macht und Kontrolle, die so oft in ihrem Leben präsent waren, sollten nicht das letzte Wort haben. Sofie war entschlossen, ihre eigene Geschichte zu schreiben, und sie würde nicht zulassen, dass Anton sie daran hinderte.

Mit einem tiefen Atemzug stellte sie die Tasse ab und stand auf. „Ich werde nicht länger in Angst leben", sagte sie leise zu sich selbst. Es war Zeit, die Kontrolle über ihr Leben zurückzugewinnen und sich gegen die Dunkelheit zu behaupten, die Anton verkörperte. Der Weg würde schwierig sein, aber Sofie war bereit, alles zu riskieren, um ihre Freiheit und die Liebe zu Lucian zu schützen. Und so machte sie sich auf den Weg, entschlossen, die Schatten hinter sich zu lassen und in die Zukunft zu schreiten.

4.3 Lucians Warnungen und Sofies innere Zerrissenheit

Die Neonlichter von Eldorheim warfen flackernde Reflexionen auf Sofies Gesicht, während sie in Lucians Atelier stand, umgeben von lebendigen Farben und Formen, die ihre Seele berührten. Trotz der überwältigenden Schönheit, die sie umgab, fühlte sich ihr Herz schwer an. Lucian hatte sie eindringlich gewarnt, Anton zu meiden, und seine Worte hallten in ihrem Kopf wider: „Er ist gefährlich, Sofie. Du musst dich von ihm distanzieren." Die Besorgnis in Lucians Stimme war unüberhörbar, doch die Angst, die in Sofie wuchs, galt nicht nur Anton, sondern auch dem, was sie möglicherweise verlieren könnte.

„Was ist, wenn ich ihn nicht loslassen kann?", dachte sie, während sie den Pinsel in ihrer Hand drehte. Der Drang nach Freiheit kämpfte gegen die Furcht vor dem Unbekannten. Anton war nicht nur ein Teil ihrer Vergangenheit; er war ein Schatten, der über ihrem Leben schwebte, und je mehr sie sich bemühte, sich von ihm zu befreien, desto fester schien sein Griff zu werden. In Lucians Augen sah sie die Entschlossenheit, sie zu schützen, aber in ihrem eigenen Herzen war das Chaos unübersehbar.

„Ich kann nicht einfach weggehen", murmelte sie leise, als ob die Worte die Realität verändern könnten. „Was, wenn Anton mich findet? Was, wenn er Lucian etwas antut?" Diese Gedanken quälten sie, während sie versuchte, die Farben auf der Leinwand zu mischen. Jede Mischung war ein Versuch, die Dunkelheit in ihrem Inneren zu vertreiben, doch die Unsicherheit blieb. Sie fühlte sich gefangen zwischen zwei Welten: der tristen Realität des Rotlichtmilieus und der strahlenden Hoffnung, die Lucian in ihr weckte.

„Sofie, du musst an dich glauben", sagte Lucian, seine Stimme war sanft, aber fest. „Du bist mehr als das, was Anton dir auferlegt hat. Du kannst frei sein." Diese Worte waren wie ein Lichtstrahl in der Dunkelheit, doch die Schatten ihrer Ängste schienen sie immer wieder einzuholen. Was bedeutete Freiheit für sie? War es wirklich möglich, aus diesem Leben auszubrechen, oder war sie dazu verdammt, immer wieder in die Fänge von Anton zurückzufallen?

Die Fragen nagten an ihr, während sie Lucians Blick suchte. In seinen Augen fand sie eine tiefe Verbundenheit, die sie gleichzeitig stärkte und verletzlich machte. Ihre Liebe zu ihm war wie ein zartes Pflänzchen, das in der rauen Erde ihrer Vergangenheit wuchs. Doch die ständige Bedrohung durch Anton ließ sie an allem zweifeln. „Was, wenn ich ihn verliere? Was, wenn ich nicht stark genug bin?"

„Sofie, ich werde für dich da sein", versprach Lucian, und obwohl seine Worte Trost boten, war da immer noch die nagende Angst, dass Anton alles zerstören könnte, was sie sich aufgebaut hatten. Sofies Herz schlug schneller, als sie an die Möglichkeit dachte, Anton zu konfrontieren. „Kann ich das wirklich tun? Kann ich für meine Freiheit kämpfen, ohne alles zu verlieren?"

In diesem Moment wurde ihr klar, dass die Entscheidung, sich von Anton zu distanzieren, nicht nur eine Flucht war. Es war ein Akt der Selbstbestimmung, ein Schritt in die Ungewissheit, der sie gleichzeitig ermutigte und ängstigte. Sofie wusste, dass sie sich entscheiden musste – zwischen der Sicherheit, die Anton ihr gab, und der Freiheit, die Lucian ihr versprach. Der Gedanke daran ließ sie frösteln, und die Farben um sie herum verschwammen.

„Ich kann nicht mehr warten", flüsterte sie, als die Realität auf sie einstürzte. „Die Konfrontation mit Anton ist unvermeidlich." Lucians Blick wurde ernst, und er trat näher. „Dann lass uns gemeinsam kämpfen", sagte er, und in diesem Moment spürte Sofie, dass sie nicht allein war. Doch die Vorahnung, dass die Auseinandersetzung mit Anton unausweichlich war, lastete schwer auf ihren Schultern.

Der Kampf um ihre Freiheit hatte begonnen, und während sie in Lucians Augen blickte, wusste sie, dass sie bereit war, alles zu riskieren. Doch die Frage blieb: Was würde sie am Ende verlieren? Die Antwort war so ungewiss wie die Dunkelheit, die Eldorheim umhüllte. Und so stand sie da, zwischen Hoffnung und Angst, zwischen Liebe und Verlust, während die Neonlichter weiterhin über die Straßen tanzten und die Schatten der Vergangenheit auf sie warteten.

5.1 Sofies Rückkehr in die Straßen von Eldorheim

Die vertrauten Gassen von Eldorheim hatten sich verändert, und doch schien alles so bekannt. Am Rand einer schmalen Gasse stand Sofie, umgeben von flackernden Neonlichtern, die in der Dunkelheit pulsieren wie das Herz einer Stadt, die niemals zur Ruhe kommt. Diese Lichter waren ein zweischneidiges Schwert – sie zogen sie an und verbargen zugleich die Gefahren der Nacht. In diesem Augenblick überkam sie eine Flut von Erinnerungen, die sie zurück in ihre Vergangenheit zogen, in eine Zeit, als sie noch an die Möglichkeit eines anderen Lebens geglaubt hatte.

Mit jedem Schritt, den sie in die Schatten der Stadt setzte, spürte sie das Gewicht ihrer Entscheidungen auf ihren Schultern. Erinnerungen an verlorene Träume und verpasste Chancen schienen sie zu verfolgen, während sie durch die vertrauten, aber feindlichen Straßen wanderte. Die Stimmen alter Bekannter hallten in ihrem Kopf wider, und sie fragte sich, ob es einen Ausweg aus diesem Leben gab. Sofies innere Monologe waren ein ständiger Kampf zwischen dem Verlangen nach Freiheit und der Angst vor dem Unbekannten. Was bedeutet Freiheit für mich? fragte sie sich, während die Kälte der Nacht wie ein Schatten über ihr schwebte.

Die Neonlichter, die die Straßen erhellten, schienen die Dunkelheit nur zu verstärken. Sie erinnerten sie an die Entscheidungen, die sie getroffen hatte, und an die Umstände, die sie hierher geführt hatten. Sofie wusste, dass die Stadt voller Versuchungen war, aber auch voller Gefahren. Ihre Gedanken wanderten zu Lucian, dem geheimnisvollen Künstler, dessen Blick auf die Welt sie so sehr faszinierte. Er hatte ihr einen Funken Hoffnung gegeben, einen Grund, an eine bessere Zukunft zu glauben. Doch je mehr sie über ihre Gefühle für ihn nachdachte, desto mehr überkam sie die Angst, dass Anton, der skrupellose Zuhälter, der über ihr Leben herrschte, alles zerstören könnte, was sie sich erhofft hatte.

„Ich kann nicht länger in dieser Dunkelheit leben", murmelte sie leise zu sich selbst, während sie die Augen schloss und tief durchatmete. Der Geruch von nassem Asphalt und Abfall stieg ihr in die Nase, und sie musste sich zusammenreißen, um nicht zurückzuweichen. Sofie wusste, dass sie stark sein musste, dass sie sich ihren Ängsten stellen und einen Neuanfang wagen musste. Doch die Frage blieb: Wie? Wie konnte sie aus diesem Leben entkommen, das sie so lange gefangen gehalten hatte?

Die Erinnerungen an ihre Vergangenheit waren wie Geister, die sie heimsuchten. Sie dachte an die Tage, als sie noch träumte, als sie noch an die Möglichkeit glaubte, ein anderes Leben zu führen. Aber die Realität war hart, und die Straßen von Eldorheim waren gnadenlos. Sofie wusste, dass sie sich ihren Dämonen stellen musste, um wirklich frei zu sein. Doch der Gedanke an Anton ließ ihr Herz schneller schlagen. Seine drohende Präsenz war immer spürbar, wie ein Schatten, der sie verfolgte, egal wohin sie ging.

„Ich werde nicht zulassen, dass er mich wieder kontrolliert", flüsterte sie entschlossen, während sie sich an die Wand lehnte und die Kälte des Mauerwerks spürte. Sofie wusste, dass sie einen Plan schmieden musste, um sich von Anton zu befreien. Es war an der Zeit, ihre kreativen Talente zu nutzen, um eine neue Identität zu schaffen. Sie wollte nicht nur überleben; sie wollte leben. Aber wie sollte sie das anstellen, wenn die Straßen von Eldorheim voller Erinnerungen und Gefahren waren?

In diesem Moment der inneren Zerrissenheit fühlte sie sich gleichzeitig verloren und entschlossen. Die Neonlichter, die einst für sie ein Symbol der Hoffnung waren, schienen nun eine Falle zu sein, die sie immer tiefer in die Dunkelheit zog. Sofie wusste, dass sie einen Neuanfang wagen musste, aber der Weg dorthin war steinig und voller Hindernisse. Sie musste sich entscheiden, ob sie den Mut aufbringen konnte, sich gegen Anton zu behaupten und für ihre Träume zu kämpfen.

Mit einem letzten Blick auf die vertrauten Straßen atmete sie tief ein und machte sich auf den Weg. Sofie war bereit, die Herausforderungen anzunehmen, die vor ihr lagen. Es war Zeit, ihre Vergangenheit hinter sich zu lassen und sich auf die Suche nach ihrer wahren Identität zu begeben. Die Neonlichter blinkten hinter ihr, während sie entschlossen in die Nacht schritt, bereit, das Risiko einzugehen, das mit der Suche nach Freiheit verbunden war.

5.2 Begegnungen mit alten Bekannten und Feinden

In den Straßen von Eldorheim fand Sofie sowohl Vertrautheit als auch Feindseligkeit. Die Neonlichter flackerten über das Kopfsteinpflaster und warfen gespenstische Schatten, die sie unweigerlich an ihre Vergangenheit erinnerten. Jedes Mal, wenn sie in diese Gassen zurückkehrte, fühlte sie sich wie ein Geist, der durch die Überreste eines Lebens schwebte, das sie hinter sich lassen wollte. Doch die Erinnerungen waren hartnäckig und schmerzlich lebendig.

Als sie an einer Ecke stand und auf einen Kunden wartete, entdeckte sie plötzlich eine vertraute Gestalt. Es war Mia, eine alte Bekannte aus ihren Tagen im Rotlichtmilieu. Mia hatte einst wie eine Schwester für Sofie gewirkt, eine Vertraute in einer Welt voller Verrat und Misstrauen. Doch die Jahre hatten ihre Spuren hinterlassen; Mias Augen waren müde und leer, die einst so lebhaften Farben ihrer Persönlichkeit schienen verblasst. Sofies Herz zog sich zusammen, als sie die Veränderung in Mias Gesicht sah.

„Sofie! Ist das wirklich du?" rief Mia, ihre Stimme war ein Gemisch aus Überraschung und Skepsis. Sofie spürte, wie sich eine Welle von Emotionen in ihr regte. Diese Begegnung war sowohl ein Lichtblick als auch ein schmerzhafter Rückblick auf das, was sie hinter sich gelassen hatte. „Ich dachte, du hättest Eldorheim verlassen", fügte Mia hinzu, und Sofie konnte den Vorwurf in ihrer Stimme hören.

„Ich... ich versuche es", murmelte Sofie, unfähig, die Worte zu finden, die die Kluft zwischen ihnen überbrücken könnten. Mia trat näher, und Sofie bemerkte die feinen Linien um ihre Augen, die von zu vielen Nächten in der Dunkelheit zeugten. „Du hast immer gewusst, wie man träumt, Sofie. Warum bist du zurückgekommen?"

Die Frage schnitt tief. Sofie wusste, dass sie sich selbst die gleiche Frage stellte. Ihre Sehnsucht nach Freiheit war stark, aber die Realität des Lebens in Eldorheim war wie ein Schatten, der sie verfolgte. „Ich bin nicht hier, um zu bleiben", antwortete sie schließlich, „ich suche nach einem Ausweg."

Mia lächelte bitter. „Wir alle suchen nach einem Ausweg, aber manchmal ist der Weg zurück der einzige, den wir kennen." Sofie spürte, wie sich die Scham in ihr regte. Sie wollte nicht, dass Mia sie so sah, nicht als eine, die in der Vergangenheit gefangen war. Doch die Wahrheit war, dass die Straßen von Eldorheim sie nicht losließen. Jeder Schritt, den sie machte, war ein Kampf gegen die Erinnerungen, die sie an diesen Ort banden.

In diesem Moment hörte Sofie ein bekanntes Lachen, das sie frösteln ließ. Anton, der skrupellose Zuhälter, der ihre Vergangenheit verkörperte, kam um die Ecke. Seine Präsenz war wie ein kalter Wind, der die Luft um sie herum erstarren ließ. Sofies Herz schlug schneller, als sie sich daran erinnerte, wie er sie in der Vergangenheit behandelt hatte. Er war der Grund, warum sie in die Dunkelheit abgedriftet war, und jetzt stand er vor ihr, als wäre nichts geschehen.

„Sofie, meine kleine Taube", sagte Anton mit einem schmierigen Grinsen. „Hast du gedacht, du könntest einfach verschwinden? Du gehörst hierher." Sofie fühlte sich wie ein Tier in der Falle, und der Drang, sich zu verteidigen, kämpfte gegen die Angst, die ihn begleitete. „Ich bin nicht mehr das Mädchen, das du einmal gekannt hast", entgegnete sie, ihre Stimme war fester, als sie sich fühlte.

„Oh, ich glaube, du bist es", erwiderte Anton und trat näher, sodass sie seinen schweren Atem spüren konnte. „Die Straßen sind gnadenlos, Sofie. Du kannst versuchen, zu fliehen, aber sie werden dich immer wieder zurückziehen." Sofie wollte schreien, wollte weglaufen, doch die Worte blieben ihr im Hals stecken. Stattdessen fühlte sie, wie sich die Ketten ihrer Vergangenheit um sie schlossen, während sie sich fragte, ob sie wirklich bereit war, alles hinter sich zu lassen.

Die Begegnungen mit Mia und Anton ließen Sofie erkennen, dass die Vergangenheit nicht einfach verschwindet. Sie war nicht nur eine Prostituierte; sie war eine Frau, die in einem ständigen Kampf um ihre Identität und ihre Träume gefangen war. In diesem Moment wurde ihr klar, dass sie nicht nur gegen Anton kämpfen musste, sondern auch gegen die Teile von sich selbst, die sie nicht akzeptieren konnte. Der Wunsch nach Veränderung war stark, aber die Angst vor dem Unbekannten war noch stärker.

„Ich werde nicht aufgeben", flüsterte sie leise, als Anton sich abwandte. Die Worte waren für sie selbst bestimmt, ein Versprechen, das sie sich geben musste. Sofie wusste, dass der Weg zur Freiheit steinig sein würde, aber sie war bereit, ihn zu gehen. Die Dunkelheit mochte sie umgeben, aber das Licht der Hoffnung brannte in ihrem Herzen — ein Funke, der sie antreiben würde, egal wie oft die Schatten der Vergangenheit sie heimsuchten.

5.3 Ein Plan zur Flucht aus der Dunkelheit

Die Neonlichter von Eldorheim zuckten über Sofies Gesicht, während sie in der kühlen Nachtluft verweilte. Jeder Lichtstrahl schien eine gefangene Erinnerung an ihre Vergangenheit zu sein, und dennoch verspürte sie einen unaufhörlichen Drang, sich von diesen Fesseln zu befreien. Umgeben von den Schatten ihrer alten Welt traf sie in diesem Moment eine Entscheidung, die ihr Leben für immer verändern sollte. Es war an der Zeit, einen Plan zu entwickeln, einen Plan zur Flucht aus dem Rotlichtmilieu, das sie so lange gefangen gehalten hatte.

Sofies Gedanken wirbelten, als sie an Lucians Worte dachte, die wie ein sanfter Windhauch in ihrem Kopf widerhallten: „Du bist mehr als das, was sie sehen." Diese Worte waren der Funke, der das Feuer in ihr entfacht hatte. Sie wusste, dass sie ihre kreativen Talente nutzen musste, um eine neue Identität zu schaffen, eine Identität, die nicht von Anton oder den Straßen von Eldorheim definiert wurde. Es war ein Akt der Hoffnung, aber auch der Verzweiflung. Der Weg zur Freiheit würde steinig sein, und sie war sich der Gefahren bewusst, die auf sie lauerten.

Mit einem tiefen Atemzug begann Sofie, ihre Gedanken zu ordnen. Sie würde ihre Kunst als Waffe gegen die Dunkelheit einsetzen. Jedes Bild, das sie malte, jede Skizze, die sie entwarf, würde ein Schritt in Richtung ihrer Befreiung sein. Die Farben, die sie wählte, sollten nicht nur die Schönheit der Welt widerspiegeln, sondern auch die Kämpfe, die sie durchlebt hatte. Ihre Leinwand würde zu einem Spiegel ihrer Seele werden, und jeder Pinselstrich würde die Wunden heilen, die das Leben ihr zugefügt hatte.

In den folgenden Tagen verbrachte Sofie jede freie Minute in Lucians Atelier. Die Wände waren mit lebendigen Farben und chaotischen Formen bedeckt, die die Leidenschaft und den Schmerz der Künstler widerspiegelten, die dort gearbeitet hatten. Lucian war ein Mentor, der sie ermutigte, ihre Ängste zu überwinden und ihre Stimme zu finden. „Jede Künstlerin hat ihre eigene Geschichte", sagte er oft. „Deine wird die Welt verändern." Diese Worte gaben Sofie Kraft, und sie begann, ihre eigene Geschichte zu erzählen.

Doch während sie in die Kunstszene eintauchte, blieb die Bedrohung durch Anton immer präsent. Seine Augen schienen überall zu sein, und die Angst, dass er ihre Pläne durchkreuzen könnte, nagte an ihr. Sofie wusste, dass sie vorsichtig sein musste. Sie konnte sich nicht erlauben, unvorsichtig zu sein. Jeder Schritt, den sie machte, musste wohlüberlegt sein. Ihre Freiheit hing davon ab, und sie war bereit, alles zu riskieren, um sich von ihm zu befreien.

Die ersten Entwürfe, die sie schuf, waren von Emotionen durchdrungen. Sie malte Bilder von Frauen, die in der Dunkelheit gefangen waren, aber in ihren Augen funkelte der Wunsch nach Freiheit. Diese Werke wurden schnell zu einem Ausdruck ihrer eigenen Sehnsüchte und Ängste. Sofie stellte fest, dass die Kunst ihr nicht nur half, ihre innere Welt zu verstehen, sondern auch anderen Frauen, die ähnliche Kämpfe durchlebten, eine Stimme gab. Es war eine Verbindung, die sie nie für möglich gehalten hätte.

Als die Tage vergingen, wuchs Sofies Entschlossenheit. Sie begann, Kontakte in der Kunstszene zu knüpfen, und fand Unterstützung bei Gleichgesinnten, die ebenfalls gegen die gesellschaftlichen Konventionen kämpften. Ihre Freundschaft mit Elara vertiefte sich, und die beiden Frauen wurden zu Verbündeten im Kampf um Selbstverwirklichung. Elara war eine Quelle der Inspiration, und ihre Gespräche über Kunst und Leben öffneten Sofie die Augen für neue Möglichkeiten.

„Wir sind nicht allein", sagte Elara eines Abends, während sie gemeinsam an einem neuen Gemälde arbeiteten. „Es gibt eine ganze Welt da draußen, die darauf wartet, entdeckt zu werden." Diese Worte hallten in Sofies Herzen wider und gaben ihr den Mut, weiterzumachen. Sie wusste, dass der Weg vor ihr voller Herausforderungen sein würde, aber sie war bereit, sich ihnen zu stellen. Die Dunkelheit, die sie so lange gefangen gehalten hatte, begann zu schwinden, und die Farben des Lebens traten in den Vordergrund.

Schließlich, an einem klaren Morgen, saß Sofie mit einem Skizzenblock in der Hand und blickte auf die Stadt, die sie einst gefangen hielt. Die Neonlichter leuchteten hell, und sie fühlte, wie sich ein neues Kapitel in ihrem Leben öffnete. Es war der Beginn ihrer Reise zur Selbstverwirklichung, und sie war entschlossen, die Schatten hinter sich zu lassen. „Ich werde fliegen", murmelte sie leise zu sich selbst, während sie die ersten Striche auf das Papier setzte. „Ich werde meine eigene Geschichte schreiben."

heür
COMES

6.1 Sofies Verbindung zur Malerin Elara

In der Dämmerung schimmerten die Neonlichter von Eldorheim, als Sofie das kleine Atelier betrat, das Elara gehörte. Der Raum war ein chaotisches Durcheinander aus Farben, Pinseln und Leinwänden, die an den Wänden hingen wie Fenster zu anderen Welten. In diesem kreativen Chaos fühlte sich Sofie zum ersten Mal seit langem lebendig. Elara, die empathische Malerin mit den tiefen, nachdenklichen Augen, war mehr als nur eine Künstlerin; sie war ein Lichtstrahl in Sofies dunklem Leben.

„Komm rein, Sofie!", rief Elara mit einer Stimme, die Wärme und Einladung ausstrahlte. Sofie trat näher, unsicher, aber auch neugierig. Die Farben um sie herum schienen zu pulsieren, als ob sie auf ihre Anwesenheit reagierten. „Ich habe etwas für dich", sagte Elara und hielt eine Palette voller lebendiger Farben hoch. „Ich möchte, dass du malst."

Diese Worte trafen Sofie wie ein Blitz. Malen? Es war eine Idee, die sie in den Tiefen ihrer Seele vergraben hatte, eine Sehnsucht, die sie nie wirklich ausgedrückt hatte. „Ich kann nicht malen", murmelte sie, während ihre Unsicherheit wie ein Schatten über sie fiel. Elara lächelte sanft. „Das musst du nicht können. Es geht nicht darum, perfekt zu sein. Es geht darum, dich auszudrücken."

In diesem Moment spürte Sofie eine Welle der Ermutigung. Elara hatte ihre eigenen Kämpfe, das wusste Sofie, doch sie strahlte eine Stärke aus, die Sofie ansteckte. Sofies innere Monologe begannen, sich um diese neue Verbindung zu drehen. Könnte ich wirklich meine Talente erkunden? fragte sie sich. Könnte ich die Farben meines Lebens selbst bestimmen?

Während sie die Palette in ihren Händen hielt, erinnerte sich Sofie an die Momente, in denen sie sich verloren fühlte, in denen die Dunkelheit der Stadt sie erdrückte. Aber hier, in diesem Atelier, war die Dunkelheit nicht alles. Hier gab es Hoffnung, und Elara war der Schlüssel dazu. Sofie beobachtete, wie Elara mit geschickten Bewegungen einen Pinsel in die Farben tauchte und mit Leichtigkeit auf die Leinwand auftrug. „Siehst du? Es ist wie ein Tanz", erklärte Elara. „Jede Farbe erzählt eine Geschichte."

Diese Vorstellung faszinierte Sofie. Sie wollte ihre eigene Geschichte erzählen, wollte die Farben ihrer Erfahrungen auf die Leinwand bringen. Doch gleichzeitig nagte die Angst an ihr. Was, wenn ich scheitere? Was, wenn Anton herausfindet, dass ich versuche, zu entkommen? Diese Gedanken schwebten wie dunkle Wolken über ihrem Kopf. Sofie kämpfte mit dem Drang, sich zurückzuziehen, und dem Wunsch, sich zu öffnen.

„Sofie, du bist nicht allein", sagte Elara plötzlich, als hätte sie Sofies innere Kämpfe gelesen. „Wir alle haben unsere Dämonen. Aber wir können sie gemeinsam bekämpfen." Diese Worte waren wie ein Versprechen, ein Band, das zwischen den beiden Frauen entstand. Sofie fühlte sich verstanden, als ob Elara die Ketten sah, die sie gefangen hielten, und bereit war, ihr zu helfen, sie zu sprengen.

„Lass uns zusammenarbeiten", schlug Elara vor. „Du kannst mir helfen, und ich helfe dir. Wir sind stärker, wenn wir zusammen sind." Sofie nickte, und in diesem Moment spürte sie, dass sie nicht nur eine Prostituierte war, sondern eine Künstlerin in der Entstehung. Diese neue Dimension in ihrem Leben war aufregend und beängstigend zugleich.

Als sie begann, den Pinsel in die Farben zu tauchen, fühlte Sofie, wie sich eine Welle der Kreativität in ihr regte. Jeder Strich auf der Leinwand war ein Schritt in Richtung Freiheit, ein Ausdruck ihrer innersten Wünsche und Ängste. Ich kann das, dachte sie. Ich kann meine eigene Geschichte schreiben.

Doch während sie malte, blieb die ständige Bedrohung durch Anton im Hinterkopf. Die Realität, dass sie in einer Welt lebte, die sie oft als nichts anderes als ein Objekt betrachtete, war schwer zu ignorieren. Aber Elara war da, und das gab Sofie den Mut, weiterzumachen. Ihre Freundschaft wurde zu einer Quelle der Stärke, und in dieser neuen Verbindung fand Sofie einen Funken Hoffnung, der sie antrieb.

Die Themen von Solidarität und Unterstützung wurden in dieser ersten Begegnung zwischen Sofie und Elara klar umrissen. Sofies innere Monologe reflektierten die Bedeutung dieser neuen Verbindung in ihrem Leben. Es war der Beginn eines neuen Kapitels, eines Kapitels, das voller Möglichkeiten und Herausforderungen steckte. Sofie wusste, dass der Weg nicht einfach sein würde, aber mit Elara an ihrer Seite fühlte sie sich bereit, die Dunkelheit zu bekämpfen und ihre Träume zu verwirklichen.

6.2 Gemeinsame Kämpfe und emotionale Verletzlichkeit

In Eldorheim verwandelte sich die Nacht in ein lebendiges Kaleidoskop aus Farben und Klängen, doch trotz des pulsierenden Treibens fühlte sich Sofie oft verloren. Die Neonlichter warfen flackernde Schatten an die Wände der Gassen, während sie sich mit Elara traf, der Malerin, die ihre eigene Welt aus Farben und Formen erschaffen hatte. Diese Begegnungen waren für Sofie mehr als nur eine Flucht; sie waren ein sicherer Hafen, in dem sie ihre tiefsten Ängste und Hoffnungen offenbaren konnte.

„Manchmal habe ich das Gefühl, dass ich in einem ständigen Kampf gefangen bin", gestand Sofie eines Abends, während sie auf einer alten Holzbank saßen, umgeben von Elaras Kunstwerken. „Ich kämpfe gegen die Dunkelheit, die mich umgibt, und gegen die Stimmen in meinem Kopf, die mir sagen, dass ich nicht genug bin."

Elara sah sie an, ihre Augen voller Verständnis. „Du bist mehr als genug, Sofie. Du bist stark, auch wenn du es manchmal nicht fühlst. Jeder Pinselstrich, den ich mache, ist ein Teil von mir, und ich sehe in deinen Kämpfen die gleichen Farben. Wir sind beide Künstlerinnen, die versuchen, aus Schmerz etwas Schönes zu schaffen."

Diese Worte berührten Sofie tief. Es war selten, dass jemand ihre Kämpfe so klar erkannte. In der Welt, in der sie lebte, war Verletzlichkeit oft ein Zeichen von Schwäche, doch Elara machte ihr klar, dass es auch eine Quelle der Stärke sein konnte. Sie begannen, ihre Geschichten auszutauschen, und während sie sprachen, wurde die Verbindung zwischen ihnen stärker. Sofie fühlte sich verstanden, als ob Elara die Schatten ihrer Vergangenheit in ihren eigenen Bildern festgehalten hatte.

„Ich habe Angst, dass ich nie aus diesem Leben entkommen kann", sagte Sofie leise. „Jeder Tag fühlt sich an wie ein weiterer Schritt in die Dunkelheit, und ich weiß nicht, ob ich jemals das Licht sehen werde."

Elara legte eine Hand auf Sofies Arm. „Das Licht ist da, auch wenn es manchmal schwer zu erkennen ist. Wir müssen nur lernen, es zu suchen. Ich habe auch meine Dämonen, und manchmal überwältigen sie mich. Aber ich habe gelernt, dass es in Ordnung ist, verletzlich zu sein. Es bedeutet nicht, dass wir schwach sind, sondern dass wir menschlich sind."

In diesem Moment erkannte Sofie, dass ihre Freundschaft nicht nur eine Unterstützung war, sondern auch ein Spiegel, der ihr half, sich selbst zu sehen. Elara war nicht nur eine Künstlerin; sie war eine Verbündete, die bereit war, die Dunkelheit mit ihr zu teilen. Sofie begann, ihre Ängste in Worte zu fassen, und jede geteilte Geschichte schien die Last ein wenig leichter zu machen.

„Ich möchte eines Tages meine eigene Kunst schaffen", gestand Sofie. „Etwas, das meine Geschichte erzählt, die Schönheit und den Schmerz, die ich erlebt habe."

„Das wirst du", antwortete Elara mit Überzeugung. „Jede Farbe, die du wählst, wird ein Teil deiner Reise sein. Lass die Dunkelheit nicht dein Licht ersticken. Lass sie dich inspirieren."

Diese Gespräche wurden zu einem Ritual, das Sofie half, ihre innere Stärke zu finden. Mit jeder Begegnung wuchs ihr Vertrauen in sich selbst und in ihre Fähigkeiten. Sie begann, ihre eigenen Skizzen zu machen, einfache Striche, die ihre Emotionen einfingen. Elara ermutigte sie, ihre Kreativität zu entfalten, und die beiden Frauen arbeiteten oft bis spät in die Nacht, um ihre Träume zu verwirklichen.

Doch während ihre Freundschaft blühte, schwebte die Bedrohung durch Anton wie ein dunkler Schatten über ihnen. Sofie wusste, dass sie sich nicht nur ihren inneren Dämonen stellen musste, sondern auch den äußeren Gefahren, die ihr Leben bestimmten. Die Gespräche mit Elara halfen ihr, die Unsicherheit zu navigieren, aber die ständige Angst vor Anton nagte an ihr.

„Was, wenn er herausfindet, dass ich mit dir rede? Was, wenn er uns findet?" fragte Sofie eines Nachts, ihre Stimme zitterte vor Angst.

„Dann kämpfen wir gemeinsam", sagte Elara entschlossen. „Wir sind nicht allein. Wir haben uns gegenseitig, und das ist mehr wert als alles andere."

Diese Worte gaben Sofie Hoffnung. Sie wusste, dass die Reise zur Selbstverwirklichung voller Herausforderungen sein würde, aber mit Elara an ihrer Seite fühlte sie sich weniger allein. Die Freundschaft zwischen ihnen wurde zu einem zentralen Element in Sofies Leben, ein Lichtstrahl in der Dunkelheit, der sie ermutigte, weiterzukämpfen.

In der pulsierenden Stadt Eldorheim, wo die Neonlichter die Schatten durchdrangen, begann Sofie zu erkennen, dass wahre Freiheit nicht nur im Entkommen lag, sondern auch im Mut, sich selbst zu akzeptieren und die eigene Verletzlichkeit zu umarmen. Diese Erkenntnis war der erste Schritt auf ihrem Weg zur Selbstverwirklichung, und sie wusste, dass sie bereit war, diesen Weg zu gehen – zusammen mit Elara.

6.3 Elara als Spiegel von Sofies Ängsten

Lebhafte Farben überzogen die Wände des Ateliers und schimmerten in der Dämmerung, während sie den Raum in ein magisches Licht tauchten. Auf einem alten Holzstuhl saß Sofie, die Hände in ihrem Schoß gefaltet, während Elara vor ihr stand und eine Leinwand bearbeitete. Es war nicht nur die Kunst, die sie verband; es war das stille Verständnis zwischen ihnen, das wie ein unsichtbares Band in der Luft hing. Doch während Elara in ihre kreative Welt eintauchte, schlichen Sofies Ängste und Unsicherheiten wie Schatten um sie herum.

„Was hält dich zurück, Sofie?" fragte Elara, ohne den Blick von ihrer Arbeit abzuwenden. Die Frage war einfach, doch sie schnitt tief. Sofie zögerte, ihre Gedanken wirbelten wie die Farben auf der Palette vor ihr. „Ich… ich weiß nicht, ob ich es wert bin, mehr zu sein als das, was ich jetzt bin", gestand sie schließlich, ihre Stimme kaum mehr als ein Flüstern. In diesem Moment wurde Elara zu einem Spiegel, der Sofies innere Dämonen reflektierte.

„Du bist mehr als das, was du tust", erwiderte Elara sanft. „Jeder Pinselstrich auf dieser Leinwand ist ein Teil von mir, und jeder Fehler macht das Bild einzigartig. So ist es auch mit dir." Sofie fühlte, wie sich Tränen in ihren Augen sammelten. Es war eine einfache Wahrheit, die sie so lange ignoriert hatte. Sie hatte sich selbst in den Schatten versteckt, gefangen in der Vorstellung, dass ihre Vergangenheit sie für immer definieren würde.

„Ich habe Angst, dass ich nie aus diesem Leben entkommen kann", murmelte Sofie, während die Erinnerungen an Anton und die Dunkelheit, die er mit sich brachte, in ihrem Kopf auftauchten. „Die Stadt, die Menschen… sie sind alle so festgelegt in ihren Rollen. Ich weiß nicht, ob ich stark genug bin, um das zu ändern." Elara legte den Pinsel nieder und wandte sich Sofie zu, ihre Augen strahlten Mitgefühl aus.

„Stärke kommt nicht von der Abwesenheit von Angst, sondern von der Fähigkeit, trotz der Angst weiterzumachen", sagte sie. „Jeder hat seine Dämonen, aber wir müssen lernen, sie zu konfrontieren, um wirklich zu leben." Sofie nickte langsam, die Worte hallten in ihrem Inneren wider. Es war an der Zeit, sich ihren Ängsten zu stellen, anstatt vor ihnen davonzulaufen.

In den folgenden Tagen verbrachten die beiden Frauen viel Zeit miteinander. Sie malten, diskutierten über Kunst und das Leben, und während sie sich gegenseitig unterstützten, begann Sofie, sich zu öffnen. Sie sprach über ihre Kindheit, über die Träume, die sie verloren hatte, und über die Hoffnung, die sie in Lucian gefunden hatte. Elara hörte geduldig zu, ihre Präsenz war beruhigend und ermutigend zugleich.

„Es ist in Ordnung, verletzlich zu sein", sagte Elara eines Abends, als sie gemeinsam an einem neuen Gemälde arbeiteten. „Das macht uns menschlich. Wir müssen nicht perfekt sein, um geliebt zu werden oder um unsere Träume zu verfolgen." Sofie spürte, wie sich ein Gewicht von ihren Schultern hob. Es war befreiend, diese Wahrheit zu akzeptieren. Sie musste nicht die gesamte Last alleine tragen.

„Ich will lernen, mich selbst zu akzeptieren", flüsterte Sofie, während sie auf die bunten Pinselstriche auf der Leinwand starrte. „Ich will die Frau sein, die ich immer sein wollte." Elara lächelte und nickte. „Und ich werde dir dabei helfen, jeden Schritt des Weges." Diese Worte waren wie ein Versprechen, das die beiden Frauen zusammenschweißte.

Als die Tage vergingen, bemerkte Sofie, dass sich etwas in ihr veränderte. Die Angst, die sie so lange begleitet hatte, begann zu schwinden, ersetzt durch eine wachsende Entschlossenheit. Sie erkannte, dass ihre Vergangenheit sie nicht definierte, sondern dass sie die Macht hatte, ihre Zukunft zu gestalten. Und in Elara fand sie nicht nur eine Freundin, sondern auch eine Verbündete, die sie auf diesem Weg begleitete.

Das Kapitel endete mit einem Gefühl der Hoffnung. Sofie wusste, dass die Herausforderungen, die vor ihr lagen, nicht einfach sein würden, aber sie war bereit, sich ihnen zu stellen. Die Freundschaft zwischen ihr und Elara gab ihr die Kraft, die sie brauchte, um ihre innersten Ängste zu konfrontieren und den ersten Schritt in Richtung Selbstakzeptanz zu wagen. In der pulsierenden Stadt Eldorheim, wo Neonlichter auf die Schatten der Vergangenheit trafen, begann für Sofie ein neuer Weg – ein Weg voller Möglichkeiten und der Hoffnung auf Freiheit.

7.1 Sofies innere Monologe über Freiheit

In der Dunkelheit flackerten die Neonlichter von Eldorheim, ein hypnotisierendes Spiel aus Farben und Schatten, das die Gassen der Stadt pulsieren ließ. An einer Straßenecke verharrte Sofie, während ihre Gedanken wie die Lichter um sie herum wirbelten. Freiheit – was bedeutete dieses Wort für sie? Oft hatte sie es gehört, doch es erschien ihr zunehmend wie ein ferner Traum, als existiere es in einem anderen Leben, weit entfernt von der rauen Realität, in der sie gefangen war.

„Freiheit ist das, was ich will", murmelte sie leise, während sie die Menschen beobachtete, die an ihr vorbeigingen. „Aber zu welchem Preis?" In ihrem Inneren tobte ein Sturm aus Fragen und Zweifeln. Die Freiheit, die sie suchte, war oft mit Unsicherheit und Gefahr verbunden. Jedes Mal, wenn sie einen Schritt in Richtung Selbstbestimmung wagte, schien Anton, der skrupellose Zuhälter, wie ein Schatten über ihr zu schweben, bereit, sie zurückzuziehen in die Dunkelheit, aus der sie zu entkommen versuchte.

„Was ist Freiheit, wenn man sie nicht wirklich leben kann?", dachte sie und erinnerte sich an die schmerzhaften Momente ihrer Vergangenheit. Die Entscheidungen, die sie getroffen hatte, waren oft nicht ihre eigenen gewesen. Die Umstände hatten sie geformt, sie in eine Rolle gedrängt, die sie nicht wollte. Sofie spürte, wie die Ketten ihrer Vergangenheit sie festhielten, während sie gleichzeitig nach dem Licht strebte. Es war ein ständiger Kampf zwischen dem Drang, sich zu befreien, und der Angst vor dem Unbekannten.

„Ich bin mehr als das, was sie sehen", flüsterte sie, während sie an Lucian dachte, den geheimnisvollen Künstler, der ihr einen Funken Hoffnung gegeben hatte. Er hatte sie ermutigt, ihre kreativen Talente zu erkunden, und sie hatte zum ersten Mal das Gefühl, dass es einen Ausweg aus ihrem tristen Alltag gab. Doch die ständige Bedrohung durch Anton ließ diese Hoffnung wie einen zerbrechlichen Traum erscheinen. „Kann ich wirklich für meine Träume kämpfen, wenn die Realität so gnadenlos ist?"

Die Straßen von Eldorheim waren nicht nur ein Ort des Überlebens; sie waren ein Labyrinth aus Erinnerungen und verlorenen Möglichkeiten. Oft fühlte sich Sofie wie eine Gefangene in ihrem eigenen Leben, gefangen zwischen den Wünschen nach Freiheit und den Fesseln ihrer Vergangenheit. „Ich habe so viel verloren", dachte sie, während sie an die Träume dachte, die sie einst hatte. „Die Freiheit, die ich suche, scheint unerreichbar."

Doch tief in ihrem Inneren regte sich eine Entschlossenheit. „Ich werde nicht aufgeben", versprach sie sich selbst. „Ich werde für meine Träume kämpfen, egal wie schwer der Weg sein mag." Diese Gedanken waren wie ein Lichtstrahl in der Dunkelheit, ein kleiner Funke, der sie dazu antrieb, weiterzumachen. Sofie wusste, dass der Preis für Freiheit hoch sein konnte, aber sie war bereit, ihn zu zahlen.

„Freiheit ist kein Geschenk", reflektierte sie, während sie die Menschen um sich herum beobachtete. „Es ist ein Kampf, ein ständiges Ringen mit den eigenen Ängsten und der Gesellschaft, die einen zurückhalten will." Ihre inneren Monologe wurden intensiver, während sie die Herausforderungen betrachtete, die vor ihr lagen. „Aber ich kann nicht zulassen, dass Anton mich besiegt. Ich muss stark sein."

Die Gedanken an Lucian erweckten in ihr ein Gefühl von Hoffnung, das sie lange nicht mehr gespürt hatte. „Er sieht in mir mehr als nur eine Prostituierte. Er sieht mein Potenzial." Diese Erkenntnis war wie ein frischer Wind, der durch die düstere Enge ihrer Gedanken wehte. Sofie wollte nicht nur überleben; sie wollte leben, wirklich leben, und dafür musste sie die Ketten ihrer Vergangenheit sprengen.

„Ich werde die Kunst nutzen, um meine Stimme zu finden", dachte sie entschlossen. „Kunst kann ein Weg zur Freiheit sein, ein Ausdruck meiner wahren Identität." In diesem Moment fühlte sie sich lebendiger als je zuvor. Die Vorstellung, ihre inneren Kämpfe durch Kreativität auszudrücken, gab ihr Kraft. „Ich werde nicht zulassen, dass die Angst mich lähmt. Ich werde kämpfen."

Mit einem letzten Blick auf die flackernden Lichter von Eldorheim atmete Sofie tief ein. „Ich bin bereit, den Preis zu zahlen", flüsterte sie und machte sich auf den Weg in die Nacht, entschlossen, ihre Träume zu verwirklichen, auch wenn die Umstände gegen sie sprachen. Der Weg zur Freiheit war steinig, aber sie war bereit, ihn zu gehen.

1.2 Die Realität des Lebens im Rotlichtmilieu

In den verwinkelten Gassen von Eldorheim vermischten sich Überleben und Gefangenschaft zu einem düsteren Spiel aus Schatten und Neonlichtern. Oft fühlte sich Sofie wie eine Marionette, deren Fäden von Anton unbarmherzig gezogen wurden. Die ständige Bedrohung durch ihn war ein Schatten, der sie unablässig verfolgte, egal wohin sie sich wandte. In den frühen Morgenstunden, wenn die Stadt noch in tiefem Schlaf lag, fand sie sich manchmal allein auf einer alten Treppe wieder, umgeben von den Überbleibseln der Nacht. Die Kälte der Steine drang durch ihre dünne Kleidung, während sie über die Entscheidungen nachdachte, die sie in ihr gegenwärtiges Leben geführt hatten.

„Was bleibt mir noch?", murmelte sie leise zu sich selbst. Die Antwort war schmerzhaft klar: nichts. Ihre Träume schienen wie die Rauchschwaden aus den Zigaretten der Passanten, die in der Luft zerstreuten und sich auflösten. Doch in diesen Momenten der Einsamkeit blühte eine andere Sehnsucht in ihr auf – die Sehnsucht nach Freiheit. Freiheit, die für sie immer unerreichbar schien, wie ein Stern, der am Himmel funkelt, aber niemals greifbar ist.

Die Realität des Lebens im Rotlichtmilieu war gnadenlos. Sofie wusste, dass jeder Tag ein neuer Kampf war, nicht nur gegen die äußeren Umstände, sondern auch gegen die inneren Dämonen, die sie quälten. Sie war ständig auf der Hut, stets bereit, sich gegen die Angriffe von Anton zu wehren, dessen Macht über sie wie ein straff gespannter Bogen war. Seine manipulativen Worte hallten in ihrem Kopf wider: „Du bist nichts ohne mich." Diese Worte schnürten ihr die Kehle zu und ließen sie an ihrer eigenen Identität zweifeln.

In den letzten Wochen hatte sie oft darüber nachgedacht, was es bedeutete, wirklich frei zu sein. War es die Fähigkeit, selbst zu entscheiden, oder war es mehr als das? Vielleicht war es auch die Fähigkeit, sich von der Vergangenheit zu lösen. Sofie kämpfte mit der Frage, ob sie jemals aus diesem Leben entkommen könnte. Die ständige Angst vor Anton und die gesellschaftlichen Vorurteile, die sie ertragen musste, schienen wie ein unsichtbares Netz, das sie festhielt und sie daran hinderte, ihre Flügel auszubreiten.

„Ich bin mehr als das, was sie sehen", flüsterte sie in die Dunkelheit, während die Neonlichter über ihr flackerten. Diese Worte waren ein schwacher Trost, aber sie gaben ihr einen Funken Hoffnung. Hoffnung, die sie dringend benötigte, um weiterzumachen. Die Gedanken an Lucian, den geheimnisvollen Künstler, der ihr gezeigt hatte, dass es auch Schönheit in der Dunkelheit gab, halfen ihr, die Kluft zwischen ihrem aktuellen Leben und ihren Träumen zu überbrücken. Er hatte sie ermutigt, ihre kreativen Talente zu erkunden, und sie fühlte sich lebendiger, wenn sie an ihn dachte.

Doch die Realität holte sie schnell wieder ein. Jedes Mal, wenn sie an Lucian dachte, schwang die Angst mit, dass Anton ihn finden und ihm etwas antun könnte. Diese ständige Bedrohung war wie ein schleichendes Gift, das ihre Gedanken vergiftete und ihre Freude an den kleinen Momenten erstickte. Sofie wusste, dass sie sich entscheiden musste: entweder sich Anton zu unterwerfen oder für ihre Freiheit zu kämpfen, auch wenn der Preis hoch sein könnte.

„Ich kann nicht aufgeben", sagte sie sich immer wieder, während sie die Straßen entlangging, die sie gut kannte. Der Geruch von gebratenem Essen und der Lärm der Stadt waren Teil ihres Lebens, doch sie wollte mehr. Sie wollte nicht nur überleben, sondern leben. Und in diesem Streben nach Leben war die größte Herausforderung, ihre Identität zu bewahren, während sie sich gegen die Mächte behauptete, die sie kontrollieren wollten.

In den schattigen Ecken der Stadt, wo das Licht der Neonreklamen nicht hinreichte, stellte Sofie fest, dass sie nicht allein war. Viele Frauen um sie herum trugen ähnliche Narben, die Geschichten von Verlust und Überleben erzählten. Sie alle kämpften um ihre Würde, um ihre Stimme, um ihre Freiheit. Diese Erkenntnis gab ihr Kraft, auch wenn die Angst vor Anton wie ein Damoklesschwert über ihr schwebte.

Die Themen von Macht und Kontrolle wurden durch Sofies Erfahrungen verdeutlicht, während sie versuchte, ihre Identität zu bewahren. Jeder Schritt, den sie machte, war ein Schritt in Richtung Selbstverwirklichung, und trotz der Dunkelheit um sie herum begann sie, den Funken der Hoffnung in sich zu entzünden. Es war ein schmaler Grat zwischen Überleben und Träumen, und sie war entschlossen, ihn zu beschreiten, egal welche Herausforderungen auf sie warteten.

7.3 Ein entscheidender Moment der Selbstreflexion

Die Neonlichter von Eldorheim pulsieren in einem hypnotisierenden Takt, während Sofie auf der Straße verweilt und ihren Blick in die Ferne richtet. Ihre Gedanken wirbeln wie die Farben eines chaotischen Gemäldes, das sie einst in Lucians Atelier bewundert hatte. In diesem Augenblick der Stille, umgeben von der Hektik der Stadt, erlebte sie ein Gefühl von sowohl Verlust als auch Erweckung. Der Druck, den Anton auf sie ausübte, schien für einen flüchtigen Moment zu schwinden, und an seine Stelle trat eine neue Einsicht.

„Wahre Freiheit", murmelte sie leise zu sich selbst, „entsteht nicht durch das, was um mich herum geschieht, sondern durch das, was in mir lebt." Diese Worte hallten in ihrem Inneren wider, als ob sie eine längst vergessene Melodie wiederentdeckte. Sofie erinnerte sich an all die Momente, in denen sie sich gefangen gefühlt hatte – nicht nur in den dunklen Gassen von Eldorheim, sondern auch in den Fesseln ihrer eigenen Ängste und Zweifel. Sie hatte geglaubt, dass ihre Umstände sie definierten, dass die Entscheidungen anderer über ihr Schicksal bestimmten. Doch jetzt, in diesem entscheidenden Moment, erkannte sie, dass sie die Macht hatte, ihre eigene Geschichte zu gestalten.

Die Erinnerungen an Lucian kehrten zurück, an seine ermutigenden Worte und die Art, wie er sie ansah, als ob sie mehr war als nur ein Schatten in der Nacht. Er hatte in ihr etwas gesehen, das sie selbst nicht erkennen konnte – eine Stärke, die tief in ihr schlummerte. „Ich bin nicht nur das, was ich bin", dachte sie. „Ich bin die Summe meiner Träume, meiner Kämpfe und meiner Entschlossenheit." Sofie spürte, wie eine Welle der Zuversicht durch sie hindurchfloss, und mit jedem Atemzug wuchs ihr Mut.

Sie stellte sich vor, wie es wäre, endlich die Ketten abzulegen, die sie so lange festgehalten hatten. Der Gedanke an Anton, der immer noch wie ein Schatten über ihrem Leben schwebte, wurde weniger bedrohlich. Sie wusste, dass sie sich ihm stellen musste, dass sie nicht länger in Angst leben konnte. „Ich werde nicht zulassen, dass er mich kontrolliert", flüsterte sie entschlossen. „Ich werde für meine Träume kämpfen, egal was es kostet."

Mit dieser neuen Entschlossenheit fühlte sich Sofie, als würde sie zum ersten Mal in ihrem Leben wirklich atmen können. Die Dunkelheit, die sie umgeben hatte, begann sich zu lichten, und die Neonlichter, die einst für sie ein Symbol der Gefahr waren, verwandelten sich in ein Zeichen der Hoffnung. Sie stellte sich vor, wie sie ihre kreative Ader entfalten würde, wie sie ihre Erlebnisse in Kunst verwandeln könnte, die andere berühren und inspirieren würde. „Kunst ist mein Weg zur Freiheit", dachte sie. „Es ist der Ausdruck meiner Seele, der mir erlaubt, die Welt zu verändern."

Die Gedanken an Lucian und Elara kamen zurück, und sie fühlte sich geborgen in der Vorstellung, dass sie nicht allein war. Ihre Freundschaft mit Elara hatte ihr gezeigt, dass es Stärke in der Verletzlichkeit gab, dass man gemeinsam kämpfen konnte. „Wir sind alle Kämpferinnen", dachte sie, „und zusammen können wir die Dunkelheit besiegen."

In diesem Moment der Selbstreflexion beschloss Sofie, dass sie nicht länger in der Vergangenheit leben wollte. Sie wollte nicht mehr die Frau sein, die sich von anderen definieren ließ. Sie wollte die Architektin ihres eigenen Lebens sein, die Schöpferin ihrer eigenen Zukunft. „Ich werde nicht aufgeben", schwor sie sich. „Ich werde meine Stimme finden und sie laut und klar erheben."

Mit einem letzten Blick auf die schimmernden Lichter von Eldorheim machte sich Sofie auf den Weg, um ihre Träume zu verwirklichen. Es war der Beginn einer neuen Reise, einer Reise, die sie in unbekannte Gefilde führen würde, aber sie war bereit. Sie wusste, dass der Preis der Freiheit hoch sein konnte, aber sie war entschlossen, ihn zu zahlen. Und während sie in die Nacht hinaustrat, fühlte sie sich lebendig, als hätte sie gerade erst angefangen zu leben.

8.1 Sofies erste Schritte in die Kunstszene

Die Neonlichter von Eldorheim flirrten über den schmalen Gehweg, während Sofie nervös an der Schwelle des kleinen Ateliers verweilte. Ihr Herz hämmerte im Takt der fröhlichen Klänge von Lachen und Musik, die aus dem Inneren drangen. Die Tür stand weit offen, und ein sanfter Lichtschein fiel auf den Boden, der den dunklen Raum um sie herum erhellte. Sofie zögerte einen Moment, unsicher, ob sie bereit war, diesen Schritt zu wagen. Doch die Neugier und das Verlangen nach etwas Größerem trieben sie voran.

Als sie den Raum betrat, wurde sie sofort von einer Welle kreativer Energie überwältigt. Überall hingen Bilder an den Wänden, jedes einzelne ein Ausdruck tiefster Emotionen. Die Farben sprangen ihr entgegen, lebendig und voller Leben, und sie fühlte sich, als würde sie in eine andere Welt eintauchen. Hier war es anders als draußen in den Straßen, wo die Dunkelheit oft erdrückend war. Hier war es hell, voller Möglichkeiten und Träume.

„Willkommen! Du musst Sofie sein!", rief eine fröhliche Stimme, die sie aus ihren Gedanken riss. Eine Frau mit bunten Haaren und einem breiten Lächeln trat auf sie zu. „Ich bin Elara, die Gastgeberin dieser kleinen Zusammenkunft. Komm rein, lass dich nicht entmutigen!" Sofie lächelte schüchtern zurück, während sie sich in die Menge wagte. Die Aufregung mischte sich mit ihrer Nervosität, und sie spürte, wie ihre Hände leicht zitterten.

Elara führte sie durch den Raum, stellte sie anderen Künstlern vor, die in verschiedenen kreativen Disziplinen arbeiteten. Sofie beobachtete fasziniert, wie sie miteinander sprachen, lachten und Ideen austauschten. Jeder schien eine eigene Geschichte zu haben, und sie fühlte sich plötzlich nicht mehr allein. Diese Menschen waren wie sie – sie hatten ihre Kämpfe, ihre Ängste, aber auch ihre Träume. In diesem Moment erkannte Sofie, dass die Kunst nicht nur ein Ausdruck von Kreativität war, sondern auch ein Weg, ihre inneren Kämpfe zu verarbeiten.

„Kunst ist eine Flucht", sagte Elara, als sie Sofie einen Pinsel in die Hand drückte. „Sie hilft uns, unsere Gefühle auszudrücken, die wir oft nicht in Worte fassen können. Probier es aus! Mal einfach drauflos!" Sofie zögerte, der Pinsel fühlte sich schwer in ihrer Hand an, als ob er die Last ihrer Vergangenheit mit sich trug. Doch als sie die Farben sah, die in den Töpfen schimmerten, überkam sie ein Gefühl der Vorfreude. Sie wollte es versuchen, wollte sich ausdrücken.

Mit einem tiefen Atemzug tauchte sie den Pinsel in die leuchtende Farbe und ließ ihn über die Leinwand gleiten. Zuerst waren es nur zufällige Striche, doch dann begannen die Farben, eine Form anzunehmen. Sofie malte mit einer Intensität, die sie selbst überraschte. Jeder Pinselstrich schien die Schatten ihrer Vergangenheit zu vertreiben, während sie ihre Ängste und Hoffnungen auf die Leinwand übertrug. In diesem Moment fühlte sie sich lebendig.

Die anderen Künstler beobachteten sie, einige nickten anerkennend, während andere in ihre eigenen Werke vertieft waren. Sofie spürte, wie ihre Nervosität langsam schwand, ersetzt durch ein Gefühl der Zugehörigkeit. Hier war sie nicht die Prostituierte aus den dunklen Gassen, sondern eine Künstlerin, die ihre Stimme fand. Die Farben, die sie auftrug, wurden zu einem Teil von ihr, und sie wusste, dass dies erst der Anfang war.

Doch während sie in dieser neuen Welt der Kreativität aufblühte, schwebte die Bedrohung durch Anton wie ein dunkler Schatten über ihr. Die Erinnerungen an seine Drohungen und die Kontrolle, die er über ihr Leben hatte, waren nicht weit entfernt. Sofie wusste, dass sie sich nicht nur mit ihren inneren Dämonen auseinandersetzen musste, sondern auch mit der Realität, die sie immer noch gefangen hielt. Diese Erkenntnis ließ ihr Herz für einen Moment schwer werden, doch sie schüttelte den Gedanken ab. Heute war ein Tag des Neuanfangs.

„Was malst du da?", fragte Elara neugierig, als sie sich neben Sofie stellte. Sofie hielt inne und betrachtete das Bild, das sich vor ihr entfaltet hatte. Es war eine Mischung aus Chaos und Ordnung, eine Darstellung ihrer inneren Kämpfe, die sie noch nicht ganz verstand. „Ich weiß es nicht genau", gestand sie. „Es ist einfach... alles, was ich fühle."

„Das ist perfekt", antwortete Elara mit einem warmen Lächeln. „Genau darum geht es in der Kunst. Es geht nicht darum, perfekt zu sein, sondern darum, ehrlich zu sein." Sofie nickte, und in diesem Moment fühlte sie sich stärker. Sie war bereit, sich den Herausforderungen zu stellen, die vor ihr lagen, und die Kunst würde ihr dabei helfen. Mit jedem Pinselstrich fand sie nicht nur ihre Stimme, sondern auch einen Teil von sich selbst, den sie verloren geglaubt hatte.

2.2 Sofies innere Konflikte und erste Eindrücke

Als Sofie das Atelier von Lucian betrat, umhüllte sie ein überwältigendes Gefühl aus Verwirrung und Faszination. Die Wände strahlten in lebhaften Farben, die mit kräftigen Pinselstrichen auf die Leinwände geschleudert wurden. Es war, als ob die Kunst selbst pulsierte, ein Herzschlag, der im Einklang mit ihren inneren Kämpfen schlug. In dieser Welt voller Licht und Kreativität fühlte sich Sofie wie ein Schatten, doch etwas Unwiderstehliches zog sie zu Lucian hin.

„Was hältst du davon?" fragte Lucian, während er einen Pinsel in die Farbe tauchte und auf die Leinwand loslegte. Sofie beobachtete ihn, fasziniert von der Leichtigkeit, mit der er seine Emotionen in Kunst verwandelte. In seinen Bewegungen lag eine Freiheit, die sie sich so sehr wünschte. Ihre Gedanken rasten: Kann ich jemals so sein? Sie spürte, wie ihre eigene Unsicherheit wie ein schwerer Mantel auf ihren Schultern lastete. Die Erinnerung an die dunklen Gassen Eldorheims und die ständige Bedrohung durch Anton schien sie zurückzuhalten, während Lucians Welt sie dazu einlud, ihre Ängste zu überwinden.

„Ich... ich weiß nicht, ob ich das kann", murmelte sie, ihre Stimme kaum mehr als ein Flüstern. Lucian drehte sich zu ihr um, seine Augen suchten die ihren. „Du kannst alles, was du dir vornimmst, Sofie. Du musst nur den ersten Schritt wagen." Seine Worte waren wie ein sanfter Wind, der die trüben Wolken in ihrem Geist zerstreute. Doch die Angst vor dem Unbekannten blieb. Was, wenn ich scheitere? Was, wenn Anton mich findet? Diese Fragen nagten an ihr, während sie versuchte, sich auf das Hier und Jetzt zu konzentrieren.

In den folgenden Tagen besuchte Sofie Lucians Atelier regelmäßig. Jedes Mal, wenn sie die Schwelle überschritt, fühlte sie sich ein wenig mehr wie die Künstlerin, die sie sein wollte. Lucian half ihr, ihre kreativen Talente zu entdecken, und sie begann, mit Farben zu experimentieren. Die erste Leinwand, die sie malte, war ein Chaos aus roten und blauen Strichen, ein Spiegelbild ihrer inneren Zerrissenheit. Ist das wirklich ich? fragte sie sich, während sie die Farben betrachtete, die sie gewählt hatte. Sie war überrascht von der Intensität ihrer eigenen Emotionen, die sich in jedem Pinselstrich manifestierten.

Doch je mehr sie sich in die Kunst vertiefte, desto stärker wurde die Angst, die sie verfolgte. Sofies innere Monologe wurden von Zweifeln durchzogen. Werde ich jemals genug sein? Die ständige Bedrohung durch Anton schwebte über ihr wie ein dunkler Schatten, der darauf wartete, zuzuschlagen. In ihren Gedanken kämpfte sie mit der Frage, ob sie es wagen konnte, ihre Träume zu verfolgen, während die Realität sie unbarmherzig zurückzog. „Was, wenn ich alles verliere?", flüsterte sie eines Nachts, als sie allein in ihrem kleinen Zimmer war, umgeben von der Dunkelheit, die sie so gut kannte.

Lucian bemerkte die Veränderungen in Sofie, die sich sowohl in ihrer Kunst als auch in ihrem Wesen zeigten. „Du hast Talent, Sofie. Du musst nur lernen, es zu akzeptieren", sagte er einmal, während sie zusammen an einem neuen Projekt arbeiteten. Seine Worte waren wie ein Lichtstrahl, der durch die Dunkelheit brach. Doch Sofie konnte nicht anders, als an den Preis zu denken, den sie möglicherweise zahlen müsste. Wird Anton mich zerstören, wenn er erfährt, dass ich mich verändert habe? Diese Gedanken schürten ihre Ängste und ließen sie an sich selbst zweifeln.

In einem Moment der Verletzlichkeit gestand sie Lucian ihre Sorgen. „Ich habe Angst, dass ich nicht genug bin, dass ich nicht in deine Welt passe." Lucian sah sie an, seine Augen voller Verständnis. „Sofie, du bist bereits genug. Du bist mehr als du denkst. Lass nicht zu, dass die Dunkelheit dich definiert." Diese Worte hallten in ihrem Kopf wider, während sie darüber nachdachte, was es bedeutete, in einer Welt zu leben, die sie oft als feindlich empfand.

Die Verbindung zwischen Sofie und Lucian vertiefte sich, und mit jedem gemeinsamen Tag lernte sie, ihre Ängste ein Stück mehr abzubauen. Doch die ständige Präsenz von Anton und die damit verbundenen Gefahren blieben im Hintergrund, ein ständiger Reminder, dass Freiheit nicht ohne Risiko kam. Sofie wusste, dass sie sich entscheiden musste: Würde sie den Mut finden, für ihre Träume zu kämpfen, oder würde sie sich weiterhin von der Dunkelheit gefangen halten lassen?

Diese Fragen schwebten über ihr, während sie in Lucians Atelier stand, umgeben von Farben und Möglichkeiten. In diesem Raum fühlte sie sich lebendig, und vielleicht, nur vielleicht, könnte die Kunst der Schlüssel zu ihrer Freiheit sein. Aber die Angst, die sie begleitete, war ein ständiger Schatten, der sie daran erinnerte, dass der Weg zur Selbstverwirklichung voller Herausforderungen und Entscheidungen war, die sie noch treffen musste.

8.3 Ein neues Gefühl von Zugehörigkeit

In einem warmen Licht erstrahlten die Farben des Ateliers, umhüllten die Wände und schienen die Schatten der Vergangenheit vertreiben zu wollen. Sofie befand sich inmitten der kreativen Unordnung, umgeben von Künstlern, die ihre eigenen Kämpfe in die Leinwände gossen. Hier, in dieser Gemeinschaft, fühlte sie sich zum ersten Mal wirklich gesehen. Die Stimmen um sie herum waren nicht nur ein Hintergrundrauschen; sie waren ein Echo ihrer eigenen Erfahrungen, ihrer Ängste und Hoffnungen. Diese Künstler, die einst Fremde waren, wurden zu Verbündeten, die sie auf ihrem Weg zur Selbstverwirklichung unterstützten.

Elara, die Malerin mit den tiefen, empathischen Augen, trat an Sofie heran und legte ihr eine Hand auf die Schulter. „Du bist nicht allein, Sofie. Wir alle haben unsere Dämonen, aber hier können wir sie besiegen – gemeinsam." Sofies Herz schlug schneller, als sie Elara ansah. In diesem Moment erkannte sie, dass die Kunst nicht nur ein Fluchtweg war, sondern auch ein Raum für Solidarität und Freundschaft. Es war eine Welt, in der sie ihre Verletzlichkeit zeigen konnte, ohne Angst vor Verurteilung.

Die Gespräche über Kunst und Leben flossen wie ein sanfter Strom, der Sofie mit Hoffnung erfüllte. Sie hörte Geschichten von anderen, die ähnliche Kämpfe durchlebt hatten – von der Suche nach Identität bis hin zur Flucht aus toxischen Beziehungen. Jeder Pinselstrich, jede Farbe, die auf die Leinwand aufgetragen wurde, war ein Ausdruck dieser Kämpfe. Sofie begann zu verstehen, dass ihre eigene Geschichte nicht isoliert war, sondern Teil eines größeren Narrativs, das viele Menschen verband.

„Kunst ist unser Weg, die Welt zu verändern", sagte Lucian, als er neben Sofie stand und auf ein Gemälde deutete, das die Dunkelheit und das Licht in einem harmonischen Tanz darstellte. „Es ist eine Möglichkeit, unsere Stimmen zu erheben und die Realität zu hinterfragen." Sofie nickte, während sie seine Worte in sich aufnahm. In diesem kreativen Raum fühlte sie sich nicht mehr wie ein Schatten, der in den Gassen von Eldorheim umherirrte, sondern wie ein Teil eines lebendigen, pulsierenden Netzwerks von Gleichgesinnten.

Mit jedem Tag, den sie im Atelier verbrachte, wuchs Sofies Selbstvertrauen. Sie begann, ihre eigenen Ideen und Gefühle in die Kunst zu übersetzen. Ihre ersten Versuche waren roh und ungeschliffen, doch sie waren ehrlich. Sie malte die Erinnerungen an ihre Vergangenheit, die Schatten, die sie verfolgten, und die Sehnsucht nach Freiheit, die sie antreib. Die Farben auf ihrer Palette wurden zu einem Spiegelbild ihrer Seele – chaotisch, aber voller Leben.

In einer besonders bewegenden Sitzung, als die Dämmerung hereinbrach und die Neonlichter der Stadt zu leuchten begannen, stellte Sofie ihr erstes gemeinsames Werk mit Elara vor. Es war ein großes Gemälde, das die Dualität ihrer Erfahrungen darstellte: die Dunkelheit der Straßen und das Licht der Hoffnung, das sie in der Kunst gefunden hatte. Als die anderen Künstler um sie herumstanden und ihre Gedanken teilten, spürte Sofie, wie sich eine Welle der Zugehörigkeit in ihr ausbreitete. Sie war nicht mehr allein in ihrem Kampf; sie hatte eine Familie gefunden.

„Das ist es, was Kunst bewirken kann", flüsterte Elara, während sie Sofies Hand hielt. „Sie verbindet uns, heilt uns und gibt uns die Kraft, weiterzumachen." Sofie fühlte sich in diesem Moment so stark wie nie zuvor. Die Gemeinschaft, die sie um sich versammelt hatte, war nicht nur eine Gruppe von Künstlern; sie war ein sicherer Hafen, ein Ort, an dem sie ihre Ängste ablegen und ihre Träume umarmen konnte.

Als die Nacht hereinbrach und die Lichter der Stadt funkelten, wusste Sofie, dass sie auf dem richtigen Weg war. Die Kunst war nicht nur ein Mittel zur Flucht, sondern ein Werkzeug zur Selbstverwirklichung. Sie hatte gelernt, dass ihre Stimme zählt und dass sie das Recht hatte, ihre Geschichte zu erzählen. Mit jedem Pinselstrich, den sie setzte, baute sie nicht nur ihre eigene Identität auf, sondern auch die Brücke zu anderen, die ähnliche Kämpfe durchlebt hatten.

In diesem neuen Gefühl von Zugehörigkeit fand Sofie die Stärke, die sie brauchte, um sich den Herausforderungen der Zukunft zu stellen. Sie war bereit, ihre Vergangenheit hinter sich zu lassen und in eine neue Ära ihres Lebens einzutreten – eine Ära, die von Freundschaft, Solidarität und der unaufhörlichen Suche nach Freiheit geprägt war. Und während sie in die Nacht hinaustrat, wusste sie, dass sie nicht mehr allein war. Ihre Kunst würde sie führen, und die Gemeinschaft, die sie gefunden hatte, würde sie unterstützen, egal was kommen mochte.

9.1 Antons Aggression und Unberechenbarkeit

Die Dunkelheit der Nacht umhüllte Eldorheim, während flackernde Neonlichter die Straßen in ein gespenstisches Licht tauchten. An einer Straßenecke stand Sofie, das Herz hämmerte wild in ihrer Brust. Ein unheilvolles Gefühl überkam sie, als wäre das Schicksal bereits besiegelt. Die drückende Hitze der Stadt ließ sie schwitzen, doch es war die ständige Angst vor Anton, dem skrupellosen Zuhälter, dessen bedrohliche Präsenz wie ein Schatten über ihrem Leben schwebte.

Anton war berüchtigt für seine unberechenbare Natur. Seine Aggression glich einem Sturm, der jederzeit losbrechen konnte. Sofie hatte oft miterlebt, wie er seine Macht über andere ausspielte, und sie wusste, dass ihre Sicherheit in seiner Nähe eine Illusion war. Ihre Gedanken rasten, während sie versuchte, sich auf die Gespräche um sie herum zu konzentrieren, doch die ständige Sorge um Lucian, den geheimnisvollen Künstler, der ihr Herz erobert hatte, ließ ihr keine Ruhe.

Plötzlich durchbrach Antons tiefe Stimme die Menge. „Sofie!", rief er, sein durchdringender Blick bohrte sich in sie, als er näher trat. Die Menschen um sie herum schienen sich zurückzuziehen, als wüssten sie um die bevorstehende Konfrontation. Sofies Magen verkrampfte sich bei dem Anblick seines bedrohlichen Ausdrucks. „Denkst du wirklich, du kannst einfach so verschwinden?", fragte er mit einem gefährlichen Lächeln, das nicht die geringste Spur von Freundlichkeit zeigte.

Lucian, der am anderen Ende der Straße stand, beobachtete die Szene mit wachsender Besorgnis. Er hatte Sofie gewarnt, sich von Anton fernzuhalten, doch die Anziehungskraft der Dunkelheit war stark. Jetzt, wo Anton direkt vor ihr stand, fühlte Sofie sich wie ein Kaninchen im Scheinwerferlicht, gefangen zwischen dem Drang zu fliehen und dem Wunsch, sich zu behaupten. „Ich bin nicht dein Eigentum, Anton", erwiderte sie, ihre Stimme zitterte, aber sie versuchte, Mut zu zeigen.

„Oh, aber das bist du", antwortete Anton, sein Tonfall so kalt wie der Wind, der durch die Gassen wehte. „Du gehörst mir, und ich werde nicht zulassen, dass du einfach davonläufst. Du weißt, was ich tun kann, wenn du mir nicht gehorchst." Seine Worte waren wie schleichendes Gift, das sich in ihr Herz fraß und ihre Hoffnung erstickte. Sofie spürte, wie die Panik in ihr aufstieg, während sie verzweifelt nach einem Ausweg suchte.

In diesem Moment wurde ihr klar, dass Anton nicht nur eine Bedrohung für ihre Freiheit war, sondern auch für alles, was sie sich mit Lucian aufgebaut hatte. Die Vorstellung, dass Anton Lucian etwas antun könnte, ließ ihr Herz noch schneller schlagen. „Lass ihn in Ruhe!", rief sie, ihre Stimme jetzt voller Entschlossenheit. Doch Anton lachte nur, ein schallendes, grausames Lachen, das die Luft erfüllte.

„Was wirst du tun, Sofie?", fragte er, während er sich näherte. „Dich gegen mich stellen? Du bist nichts ohne mich. Du bist verloren, und du weißt es." Die Worte schnitten tief, und Sofie fühlte sich, als würde der Boden unter ihren Füßen weggezogen. Sie wusste, dass Anton recht hatte – in vielerlei Hinsicht war sie tatsächlich verloren. Aber sie wollte nicht aufgeben. Nicht jetzt, nicht nachdem sie Lucian getroffen hatte.

Lucian trat vor, seine Augen blitzten vor Wut und Entschlossenheit. „Lass sie in Ruhe, Anton!", rief er, seine Stimme fest und klar. Sofie spürte, wie sich ein Funke der Hoffnung in ihr regte. Vielleicht war Lucian stark genug, um sie beide zu beschützen. Doch Anton wandte sich ihm zu, und die Spannung zwischen den beiden Männern war greifbar. „Du solltest dich nicht in Dinge einmischen, die dich nichts angehen, Künstler", sagte Anton mit einem gefährlichen Unterton.

Die Atmosphäre war geladen, und Sofie wusste, dass sie handeln musste. Die Zeit drängte, und sie konnte nicht zulassen, dass Anton die Kontrolle über ihr Leben übernahm. „Wir werden uns nicht von dir einschüchtern lassen", erklärte sie, während sie sich neben Lucian stellte. Ihre Stimme war fester, als sie sich fühlte. „Wir sind nicht allein, und wir werden einen Weg finden, uns zu schützen."

Doch Anton grinste nur, als ob er ihre Entschlossenheit belächelte. „Ihr denkt, ihr könnt gegen mich gewinnen? Ihr seid nichts gegen meine Macht. Aber gut, spielt euer Spiel. Ich werde sehen, wie lange ihr durchhaltet." Mit diesen Worten drehte er sich um und verschwand in der Dunkelheit, hinterließ jedoch eine eisige Stille, die wie ein schwerer Schleier über Sofie und Lucian lag.

Als die Gefahr vorüber war, fühlte Sofie, wie die Erleichterung sie überkam, aber die Angst blieb. Sie wusste, dass Anton nicht aufgeben würde, und dass der Kampf um ihre Freiheit gerade erst begonnen hatte. In diesem Moment wurde ihr klar, dass sie nicht nur um ihre eigene Freiheit kämpfte, sondern auch um die Zukunft, die sie sich mit Lucian erhofft hatte. Der Konflikt zwischen Macht und Kontrolle war entfesselt, und sie mussten einen Weg finden, sich zu schützen, bevor es zu spät war.

9.2 Sofies Angst um Lucian und ihre Zukunft

In der Dunkelheit flackerten die Neonlichter von Eldorheim, während Sofie durch die engen Gassen schlich. Ihr Herz schlug unruhig, und das ständige Gefühl der Bedrohung durch Anton lastete schwer auf ihren Schultern. In den letzten Tagen hatte sich alles um Lucian gedreht, und mit jedem Augenblick, den sie mit ihm verbrachte, wuchs die Furcht, ihn zu verlieren. Sofie war sich bewusst, dass Anton nicht nur eine Gefahr für ihre Freiheit darstellte, sondern auch für Lucians Leben. Diese Erkenntnis schnürte ihr die Kehle zu und ließ ihre Gedanken rasen.

„Was, wenn er ihn findet? Was, wenn er ihm etwas antut?" Sofies innere Stimme war ein ständiger Begleiter, der sie quälte. Sie erinnerte sich an die brutalen Methoden, die Anton anwendete, um Kontrolle über die Frauen in Eldorheim zu gewinnen. Die Erinnerungen an seine Drohungen und die Schreie anderer Frauen hallten in ihrem Kopf wider. Lucian war anders; er war ein Licht in ihrer dunklen Welt, und die Vorstellung, ihn zu verlieren, schnitt tief in ihr Herz.

Jede Begegnung mit Lucian war ein zweischneidiges Schwert. Einerseits gab es diese unbeschreibliche Verbindung zwischen ihnen, die sie in einen Zustand der Glückseligkeit versetzte. Andererseits war da die ständige Angst, dass Anton eines Tages alles zerstören könnte, was sie sich aufgebaut hatte. „Kann ich wirklich für meine Träume kämpfen, wenn ich gleichzeitig um sein Leben fürchten muss?" Diese Frage nagte an ihr und ließ sie oft schlaflos in der Nacht liegen.

In einem Moment der Verzweiflung beschloss Sofie, mit Lucian zu sprechen. Sie wollte ihm ihre Ängste mitteilen, aber der Gedanke daran, ihn in Gefahr zu bringen, ließ sie zögern. Was, wenn er sich wegen ihr in Schwierigkeiten brachte? „Ich kann nicht zulassen, dass er leidet", dachte sie, während sie nervös an ihrem Ring spielte, den Lucian ihr geschenkt hatte. Es war ein Symbol ihrer Verbindung, und doch fühlte es sich jetzt wie eine Kette an, die sie an ihre Ängste fesselte.

Als sie schließlich Lucians Atelier betrat, wurde sie von der kreativen Energie überwältigt, die den Raum erfüllte. Farben spritzten an die Wände, und der Geruch von frischer Farbe lag in der Luft. Lucian saß an seinem Tisch, vertieft in seine Arbeit, und als er aufblickte, strahlte sein Gesicht Wärme und Verständnis aus. Sofie fühlte sich sofort zu ihm hingezogen, aber die Sorgen um Anton schwebten wie ein Schatten über ihr.

„Sofie, was ist los? Du siehst aus, als würdest du die ganze Welt auf deinen Schultern tragen", bemerkte Lucian und legte seinen Pinsel beiseite. Seine Stimme war sanft, und in seinen Augen lag eine tiefe Besorgnis. Sofie öffnete den Mund, um zu sprechen, doch die Worte blieben ihr im Hals stecken. Sie wollte ihm nicht zeigen, wie verletzlich sie war, aber die Angst schnürte ihr die Kehle zu.

„Es ist nur..." begann sie, doch die Worte kamen nicht. Stattdessen überkam sie eine Welle der Traurigkeit, und sie spürte, wie die Tränen in ihren Augen brannten. „Ich mache mir Sorgen um dich, Lucian. Anton ist nicht weit weg, und ich kann nicht zulassen, dass er dir etwas antut." Ihre Stimme war kaum mehr als ein Flüstern, und die Schwere ihrer Worte hing in der Luft.

Lucian trat näher, und seine Hand fand sanft ihren Arm. „Ich lasse mich nicht von ihm einschüchtern, Sofie. Wir werden das gemeinsam durchstehen", sagte er fest, doch in seinem Blick lag ein Hauch von Unsicherheit. Sofie wusste, dass er stark war, aber die Realität von Antons Brutalität war unbestreitbar. „Und wenn ich ihn nicht aufhalten kann? Was, wenn ich alles verliere?"

Diese Gedanken schossen ihr durch den Kopf, während sie Lucians Hand hielt. Der Kontakt zu ihm gab ihr Kraft, aber die Angst um seine Sicherheit war wie ein ständiger Stich in ihrem Herzen. „Ich kann nicht zulassen, dass meine Träume von ihm zerstört werden", dachte sie, während sie sich bemühte, ihre innere Stärke zu finden. „Aber wie kann ich für unsere Zukunft kämpfen, wenn ich ständig um dein Leben fürchten muss?"

Die emotionale Tiefe dieser Konflikte verstärkte die Spannung zwischen ihnen. Sofie wusste, dass sie eine Entscheidung treffen musste, eine Entscheidung, die nicht nur ihr eigenes Leben, sondern auch Lucians beeinflussen würde. „Bin ich bereit, alles zu riskieren? Bin ich bereit, für meine Träume zu kämpfen, selbst wenn es bedeutet, die Liebe meines Lebens in Gefahr zu bringen?" Diese Fragen drängten sich in ihr Bewusstsein und ließen sie an der Schwelle zu einer neuen Realität stehen, die sowohl aufregend als auch beängstigend war.

Mit einem tiefen Atemzug sah Sofie Lucian in die Augen. „Wir müssen einen Plan schmieden", sagte sie entschlossen. „Wir können nicht einfach abwarten, bis Anton zuschlägt. Ich werde nicht zulassen, dass er uns trennt." In diesem Moment spürte sie, dass sie nicht nur für sich selbst kämpfte, sondern auch für die Liebe, die sie so verzweifelt schätzte. Und während sie gemeinsam in die Zukunft blickten, war es klar: Der Kampf um ihre Freiheit hatte gerade erst begonnen.

9.3 Ein gefährliches Spiel um Macht und Einfluss

Ein elektrisches Prickeln lag in der Luft, als Sofie und Lucian sich in der schummrigen Bar trafen, ihrem geheimen Rückzugsort. Neonlichter flackerten durch die Fenster und warfen gespenstische Schatten auf ihre Gesichter. Sofies Herz raste, während sie die drohende Präsenz von Anton spürte, die wie ein dunkler Schatten über ihnen schwebte. Sie wusste, dass sie nicht länger in Angst leben konnte; sie musste sich dem skrupellosen Zuhälter stellen, der ihre Träume bedrohte.

„Wir müssen einen Plan schmieden", erklärte Lucian mit fester Stimme, während er Sofies Hände ergriff. „Es ist an der Zeit, dass wir uns gegen Anton behaupten." Seine Augen funkelten vor Entschlossenheit, doch Sofie bemerkte die Unsicherheit in seiner Stimme. Die Frage, ob sie stark genug waren, um sich gegen Anton zu behaupten, nagte an ihr. Sie fühlte sich wie ein Schachspielstein, der zwischen den Mächten von Anton und Lucian hin- und hergerissen wurde.

„Aber was, wenn er uns findet? Was, wenn er uns auseinanderreißt?" Sofies Stimme war kaum mehr als ein Flüstern, während sie die schrecklichen Möglichkeiten durchdachte. Erinnerungen an Antons brutale Methoden schossen ihr durch den Kopf. Sie konnte nicht zulassen, dass er Lucian verletzte, nicht nachdem er ihr gezeigt hatte, was es bedeutete, Hoffnung zu haben.

Lucian beugte sich näher zu ihr, seine Augen durchdringend. „Wir sind stärker, als wir denken. Gemeinsam können wir ihn besiegen. Du bist nicht allein, Sofie." Diese Worte waren wie ein Lichtstrahl in der Dunkelheit, doch die Schatten ihrer Vergangenheit schienen immer noch über ihnen zu liegen. Sofie kämpfte mit der inneren Zerrissenheit zwischen dem Wunsch nach Freiheit und der Angst vor dem Unbekannten.

„Ich habe so viel verloren", gestand sie und ließ ihren Blick auf den Tisch sinken. „Ich kann nicht riskieren, noch mehr zu verlieren." Ihre Stimme zitterte, als sie an all die Träume dachte, die sie aufgegeben hatte, und an die Hoffnung, die sie mit Lucian teilte. Er war der einzige, der sie je gesehen hatte, der sie als mehr als nur ein weiteres Opfer betrachtete.

„Und ich kann nicht riskieren, dich zu verlieren", erwiderte Lucian, seine Stimme fest und voller Emotionen. „Wir müssen kämpfen, Sofie. Für uns, für unsere Zukunft." In diesem Moment spürte Sofie, wie eine Welle der Entschlossenheit durch sie hindurchfloss. Sie wollte nicht länger das Opfer sein. Sie wollte kämpfen, nicht nur für sich selbst, sondern auch für die Liebe, die sie für Lucian empfand.

Doch während sie sich in diesem Moment der Entschlossenheit verloren, wusste Sofie, dass Anton nicht untätig bleiben würde. Sein Einfluss war überall spürbar, und seine Aggression würde nicht nachlassen. Die Vorahnung, dass die Konfrontation unvermeidlich war, lastete schwer auf ihren Schultern. „Was, wenn er uns auseinanderbringt, bevor wir überhaupt anfangen können?" fragte sie, ihre Stimme voller Furcht.

„Dann werden wir es nicht zulassen", antwortete Lucian mit einer Leidenschaft, die sie tief berührte. „Wir werden nicht zulassen, dass er uns kontrolliert. Wir sind mehr als nur Figuren in seinem Spiel." Sofie nickte, während sie seine Worte in sich aufnahm. Es war an der Zeit, ihre Ängste hinter sich zu lassen und sich dem Kampf zu stellen, der vor ihnen lag.

In diesem Moment, umgeben von der drückenden Dunkelheit der Bar, spürte Sofie, wie sich etwas in ihr veränderte. Sie war bereit, für ihre Freiheit zu kämpfen, bereit, sich gegen Anton zu behaupten. Der Gedanke daran, Lucian an ihrer Seite zu haben, gab ihr den Mut, den sie brauchte. Doch gleichzeitig wusste sie, dass die kommenden Tage entscheidend sein würden. Die Spannung zwischen ihnen und Anton würde bald ihren Höhepunkt erreichen.

Als sie die Bar verließen, umarmte die Nacht sie wie ein vertrauter Mantel. Die Neonlichter blitzten über die Straßen von Eldorheim, und Sofie spürte, dass die Zeit gekommen war, ihre Stimme zu erheben. Die Dunkelheit war nicht mehr nur eine Bedrohung; sie war auch ein Teil ihrer Geschichte, und jetzt war es an der Zeit, das nächste Kapitel zu schreiben. Doch die Frage blieb: Würden sie stark genug sein, um die Schatten zu besiegen, die sie verfolgten?

10.1 Sofies Rückblick auf Kindheit und Träume

In der Dunkelheit flackerten die Neonlichter von Eldorheim, während Sofie durch die schattigen Gassen umherirrte. Der ständige Lärm der Stadt war ein vertrauter Begleiter, doch in ihrem Inneren herrschte eine bedrückende Stille. Mit geschlossenen Augen ließ sie ihre Gedanken in die Vergangenheit schweifen, zurück zu einer Zeit, als das Leben noch in leuchtenden Farben und voller Träume erstrahlte. Erinnerungen an ihre Kindheit kamen zurück, lebendig und schmerzhaft zugleich.

In ihren Erinnerungen war sie ein kleines Mädchen mit großen Augen, das die Welt voller Staunen betrachtete. Ihre Träume leuchteten so hell wie die Sonne, die durch die Fenster ihres Elternhauses strömte. Sie wollte Tänzerin werden, die Bühne erobern und das Publikum mit ihrer Kunst verzaubern. Doch die Realität war gnadenlos. Die Umstände, die sie in das Rotlichtmilieu führten, waren nicht nur das Resultat von Entscheidungen, sondern auch von Schicksalsschlägen, die außerhalb ihrer Kontrolle lagen.

„Wie konnte es so weit kommen?", fragte sie sich oft, während sie durch die Straßen schlenderte. Erinnerungen an ihre Mutter, die mit einem Lächeln im Wohnzimmer tanzte, während der Klang eines alten Radios durch den Raum schwebte, schmerzten. Ihre Mutter hatte stets gesagt: „Sofie, du kannst alles erreichen, was du dir wünschst." Doch das Leben hatte andere Pläne für sie. Der Verlust ihres Vaters, der in einem tragischen Unfall gestorben war, hatte die Familie in eine Abwärtsspirale gestürzt. Die Träume, die einst greifbar schienen, zerfielen wie Staub zwischen ihren Fingern.

Mit dem Älterwerden wurde die Realität erdrückender. Die Straßen von Eldorheim, einst ein Ort voller Möglichkeiten, verwandelten sich in ein Labyrinth aus Verzweiflung und Angst. Sofie fand sich in einer Welt wieder, in der sie ums Überleben kämpfen musste. Die Neonlichter, die sie einst fasziniert hatten, wurden zu einem Symbol für die Gefahren, die in der Dunkelheit lauerten. Die Stadt, die sie geliebt hatte, wurde zu einem Gefängnis, aus dem es kein Entkommen gab.

„Ich bin mehr als das, was sie sehen", murmelte sie leise, während sie an einer mit Graffiti bedeckten Wand lehnte. Ihre Sehnsucht nach Freiheit brannte in ihr wie ein unstillbares Feuer. Sie wollte nicht länger die Gefangene ihrer Vergangenheit sein. Sofie wusste, dass sie die Kontrolle über ihr Leben zurückgewinnen musste, aber der Weg dorthin war steinig und voller Hindernisse. Der Gedanke an Lucian, den geheimnisvollen Künstler, der ihr einen Funken Hoffnung gegeben hatte, war sowohl eine Erleichterung als auch eine Quelle der Angst. Konnte sie ihm wirklich vertrauen?

Die Schatten ihrer Vergangenheit schienen sie zu verfolgen, während sie versuchte, einen Ausweg zu finden. Erinnerungen an verlorene Träume schmerzten wie alte Wunden, die nie ganz verheilt waren. Oft fühlte sich Sofie wie ein Schatten ihrer selbst, gefangen zwischen dem, was sie war, und dem, was sie sein wollte. „Kann ich wirklich aus diesem Leben entkommen?", fragte sie sich immer wieder. Die Antwort war ungewiss, aber der Drang, es zu versuchen, war stärker als je zuvor.

Mit jedem Schritt, den sie in die Nacht setzte, spürte sie die Last ihrer Vergangenheit auf ihren Schultern. Doch gleichzeitig erwachte in ihr der Wunsch, diese Last abzulegen. Sie wollte nicht länger in der Dunkelheit leben, sondern die Farben des Lebens wiederentdecken. „Ich werde nicht aufgeben", flüsterte sie entschlossen, während sie die Gassen von Eldorheim durchquerte. Ihre Vergangenheit hatte sie geprägt, aber sie würde sie nicht definieren. Die Reise zur Selbstverwirklichung hatte begonnen, und Sofie war bereit, alles zu riskieren, um ihre Träume zu verwirklichen.

Der Gedanke an Lucian gab ihr Kraft. Vielleicht war er der Schlüssel zu der Freiheit, nach der sie sich sehnte. Vielleicht konnte er ihr helfen, die Ketten zu sprengen, die sie an ihre Vergangenheit banden. In diesem Moment, umgeben von den Neonlichtern und den Schatten der Stadt, fühlte Sofie, dass der erste Schritt in eine neue Zukunft nur einen Atemzug entfernt war. Es war Zeit, sich von der Dunkelheit zu befreien und die Farben des Lebens wieder zu entdecken.

10.2 Die Wurzeln ihrer Sehnsucht nach Freiheit

Die Neonlichter von Eldorheim flimmerten über Sofies Gesicht und warfen flüchtige Schatten, die das Chaos in ihrem Inneren widerspiegelten. In diesen schimmernden Augenblicken, in denen das Licht aufblitzte, wurde ihr bewusst, dass Freiheit nicht nur ein unerreichbarer Traum war, sondern auch ein schmerzhafter Prozess. Ihre Sehnsucht nach einem besseren Leben war tief verwurzelt in den Erinnerungen an ihre Kindheit, an die unschuldigen Träume, die sie einst gehegt hatte. Doch je mehr sie darüber nachdachte, desto klarer wurde ihr, dass diese Träume durch die Umstände ihres Lebens, die sie in die dunklen Gassen der Stadt geführt hatten, verwundet worden waren.

In ihren inneren Monologen kämpfte Sofie mit den Geistern ihrer Vergangenheit. Sie erinnerte sich an die Tage, als sie noch an die Liebe glaubte, an die Hoffnung, die in den Augen ihrer Mutter geleuchtet hatte, als sie ihr Geschichten von einer besseren Zukunft erzählte. Diese Erinnerungen waren wie zerbrochene Spiegel, die ihr Bild verzerrten und sie daran erinnerten, was sie verloren hatte. Was ist aus mir geworden?, fragte sie sich oft, während sie in den Spiegel schaute und die Narben sah, die das Leben ihr zugefügt hatte. Ihre Sehnsucht nach Freiheit war nicht nur ein Wunsch, sondern ein Drang, die Ketten zu sprengen, die sie an die Vergangenheit banden.

Die Begegnung mit Lucian hatte einen Funken in ihr entfacht, eine Möglichkeit, die sie zuvor nicht für möglich gehalten hatte. Er sah in ihr nicht nur die Prostituierte, die sie war, sondern das Potenzial, das in ihr schlummerte. Doch während sie sich von seiner Kreativität und seinem Idealismus angezogen fühlte, nagte die ständige Bedrohung durch Anton an ihrem Selbstvertrauen. Seine manipulativen Machenschaften und die Macht, die er über ihr Leben hatte, waren wie ein Schatten, der über ihr schwebte und sie daran hinderte, ihre Träume zu verwirklichen. Sofie fühlte sich oft gefangen zwischen dem Verlangen nach Sicherheit und dem Drang, ihre Flügel auszubreiten.

In den stillen Momenten der Nacht, wenn die Stadt zur Ruhe kam und nur das entfernte Geräusch von Neonrauschen zu hören war, fragte sich Sofie, ob sie jemals den Mut finden würde, für ihre Freiheit zu kämpfen. Kann ich wirklich aus diesem Leben entkommen? Diese Frage hallte in ihrem Kopf wider, während sie sich an die unzähligen Male erinnerte, als sie versucht hatte, einen Ausweg zu finden, nur um wieder zurückgeworfen zu werden. Der Gedanke, dass Freiheit ein Prozess war, ein Weg voller Stolpersteine und Rückschläge, machte ihr Angst. Aber gleichzeitig spürte sie, dass dieser Prozess notwendig war, um die Ketten ihrer Vergangenheit zu sprengen.

Die Herausforderungen, die vor ihr lagen, schienen überwältigend. Sofie wusste, dass sie nicht nur gegen Anton kämpfen musste, sondern auch gegen die Stimmen in ihrem eigenen Kopf, die ihr sagten, dass sie es nicht schaffen könnte. Doch inmitten dieser inneren Kämpfe blühte eine leise Hoffnung auf. Lucians Worte über Kunst und Kreativität hatten sie berührt und ihr die Möglichkeit eröffnet, ihre Stimme zu finden. Vielleicht war es möglich, ihre Ängste in etwas Schönes zu verwandeln, etwas, das ihr helfen könnte, sich selbst zu finden und ihre Identität neu zu definieren.

Die Reflexion über ihre Vergangenheit war schmerzhaft, aber notwendig. Sofie begann zu begreifen, dass Freiheit nicht einfach ein Ziel war, das man erreichen konnte, sondern ein kontinuierlicher Prozess des Wachsens und Lernens. Es bedeutete, sich seinen Ängsten zu stellen und die Verantwortung für das eigene Leben zu übernehmen. Ich kann nicht länger warten, dass jemand anderes mir den Weg zeigt, dachte sie entschlossen. Ich muss selbst die ersten Schritte machen. Diese Erkenntnis war der erste Schritt auf ihrem Weg zur Selbstverwirklichung.

Während sie über ihre Träume nachdachte, wurde Sofie klar, dass der Weg zur Freiheit voller Unsicherheiten sein würde. Aber sie war bereit, diesen Weg zu gehen, auch wenn er steinig und herausfordernd war. Ihre Sehnsucht nach einem besseren Leben war stärker als die Angst, die sie zurückhielt. Und so begann sie, Pläne zu schmieden, um ihre Träume zu verwirklichen. Es war Zeit, die Dunkelheit hinter sich zu lassen und die Farben des Lebens zu entdecken, die darauf warteten, von ihr gemalt zu werden.

10.3 Ein unerwartetes Wiedersehen mit alten Freunden

Die Neonlichter von Eldorheim pulsieren, wie die Erinnerungen, die in Sofies Herzen verankert sind. Unerwartet stand sie wieder in diesen Straßen, die einst ihre Heimat waren – ein Ort, an dem die Schatten ihrer Vergangenheit unaufhörlich hinter ihr her schlichen. Hier war sie nun, umgeben von vertrauten, doch zugleich fremden Gesichtern, die sie an die Frau erinnerten, die sie einst gewesen war. Ein Schauer durchfuhr sie, als die ersten Stimmen erklangen und sie aus ihren Gedanken rissen.

„Sofie! Ist das wirklich du?" Die Stimme war warm und einladend, doch auch von bittersüßer Melancholie durchzogen. Es war Lena, eine alte Freundin aus besseren Zeiten, bevor das Leben sie in verschiedene Richtungen gezwungen hatte. Sofie spürte, wie sich ihre Brust zusammenzog, als sie Lenas Gesicht sah – die strahlenden Augen, die sie einst in der Dunkelheit ermutigt hatten. Doch jetzt war alles anders. Lena war nicht mehr das unbeschwerte Mädchen von früher; sie trug die Narben des Lebens auf ihrer Haut.

„Ja, ich habe es geschafft, zurückzukommen", antwortete Sofie, ihre Stimme kaum mehr als ein Flüstern. Scham stieg in ihr auf, als sie die Enttäuschung in Lenas Blick sah. „Ich… ich habe versucht, einen Neuanfang zu wagen."

„Und wie läuft es?", fragte Lena vorsichtig, als wüsste sie bereits um die Antwort. Sofie wollte erzählen, wollte von Lucian berichten, von der Kunst, die sie nun entdeckte, von der Hoffnung, die sie umarmte. Doch die Worte blieben ihr im Hals stecken, erstickt von der Angst, dass ihre Träume zerplatzen könnten wie die Glühbirnen über ihren Köpfen.

In diesem Moment tauchten weitere alte Bekannte auf, Gesichter, die sie in der Dunkelheit der Stadt verloren geglaubt hatte. Jeder von ihnen brachte seine eigene Geschichte mit, Geschichten von Verlust und Überleben, von Loyalität und Verrat. Sofie fühlte sich wie ein Schatten unter ihnen, eine Erinnerung an die Person, die sie einmal war, und die, die sie zu sein hoffte. Die Gespräche flossen, doch sie fühlte sich zunehmend isoliert, als ob die Wände um sie herum enger wurden.

„Erinnerst du dich an die Nächte, als wir zusammen durch die Straßen zogen?", fragte einer der Männer, ein früherer Weggefährte, dessen Name ihr entfallen war. „Wir dachten, wir könnten alles schaffen." Sein Lachen war schmerzlich und bitter zugleich. Sofie nickte, doch in ihrem Inneren tobte ein Sturm. Diese Erinnerungen schnitten wie Klingen in ihre Seele und erinnerten sie daran, wie weit sie gefallen war.

„Hast du jemals darüber nachgedacht, wo wir jetzt wären, wenn wir nicht hier gelandet wären?", fragte Lena, ihre Stimme klang wie ein sanfter Wind, der durch die Nacht wehte. Sofie sah in ihre Augen und erkannte die Wahrheit in dieser Frage. Ja, sie hatte oft darüber nachgedacht. Sie hatte sich häufig gefragt, ob sie wirklich bereit war, ihre Vergangenheit hinter sich zu lassen. Ob sie die Kraft hatte, die Ketten zu sprengen, die sie an diese Stadt banden.

Die Konfrontation mit ihrer Vergangenheit war sowohl schmerzhaft als auch aufschlussreich. Sie wusste, dass diese Begegnungen nicht nur eine Rückkehr zu alten Zeiten waren, sondern auch eine Prüfung ihrer Entschlossenheit, die Schatten hinter sich zu lassen. Während sie die Gesichter ihrer ehemaligen Freunde betrachtete, wurde ihr klar, dass Loyalität in dieser Welt oft mit Verrat vermischt war. Die quälende Frage war nicht nur, ob sie bereit war, weiterzugehen, sondern auch, ob sie ihre Freunde zurücklassen konnte, die noch in den Fängen der Dunkelheit gefangen waren.

„Ich muss weiterziehen", murmelte sie schließlich, als die Gespräche um sie herum leiser wurden. „Ich kann nicht bleiben." Die Worte fielen wie schwere Steine in die Stille. Sofie spürte, wie sich die Blicke ihrer Freunde auf sie richteten, einige voller Verständnis, andere voller Vorwurf. Doch sie wusste, dass dies der einzige Weg war, um ihre Freiheit zu finden.

Als sie sich von der Gruppe abwandte, spürte sie die Kälte der Nacht, die sie umhüllte. Ihre Schritte hallten in der Dunkelheit wider, und während sie sich von der Vergangenheit entfernte, wusste sie, dass sie sich auf einen neuen Weg begab – einen Weg, der sie vielleicht zu Lucian führen würde, zu einem Leben voller Farben und Licht. Doch die Frage blieb: Würde sie die Schatten ihrer Vergangenheit jemals wirklich hinter sich lassen können?

11.1 Sofies Kampf zwischen Liebe und Überleben

In der Dämmerung flackerten die Neonlichter von Eldorheim, während Sofie in einer der schattigen Gassen verweilte, die ihr Leben prägten. Der Geruch von nassem Asphalt und zerbrochenen Träumen lag schwer in der Luft, und ein Kloß bildete sich in ihrem Hals. Gefangen zwischen zwei Welten fühlte sie sich: der vertrauten, die sie kannte, und der unerreichbaren, nach der sie sich sehnte. Ihre Gedanken umkreisten Lucian, den geheimnisvollen Künstler, dessen Augen wie ein Versprechen auf Freiheit funkelten. Doch die ständige Bedrohung durch Anton, ihren skrupellosen Zuhälter, ließ ihr Herz schneller schlagen.

„Was würde er tun, wenn er wüsste, dass ich mit Lucian spreche?", überlegte sie, während sie nervös an ihrem Lederarmband zupfte, das sie stets trug. Ein Geschenk von Lucian, es symbolisierte ihre zarte Verbindung, war aber auch eine ständige Mahnung an die Gefahren, die in der Dunkelheit lauerten. Sofie wusste, dass sie sich entscheiden musste: Sollte sie für ihre Träume kämpfen oder in der Sicherheit des Bekannten bleiben, auch wenn das bedeutete, Anton weiterhin zu gehorchen?

Die Frage nagte an ihr, während sie durch die Straßen schlenderte. Ihre Gedanken drifteten zurück zu den letzten Gesprächen mit Lucian, der sie ermutigt hatte, ihre kreativen Talente zu erkunden. „Du bist mehr als das, was du tust", hatte er gesagt, und seine Worte hallten in ihrem Kopf wider. Sofie wollte glauben, dass es einen Ausweg aus ihrem Leben gab, dass sie mehr sein konnte als nur ein Schatten in den Gassen von Eldorheim. Aber die Realität war gnadenlos. Anton war nicht nur ein Teil ihrer Vergangenheit; er war eine ständige Bedrohung für ihre Zukunft.

„Ich kann nicht zulassen, dass er mich kontrolliert", murmelte sie leise zu sich selbst, während sie sich an eine Wand lehnte und den Blick über die Straße schweifen ließ. Die Lichter der Stadt funkelten wie gefangene Sterne in der Dunkelheit. Sofie fühlte sich wie ein gefangener Stern, der nach Freiheit strebte, aber von der Schwerkraft ihrer Umstände festgehalten wurde. Sie wusste, dass sie alles riskieren musste, um die Liebe zu Lucian zu schützen und sich von Anton zu befreien.

Ein Schauer lief ihr über den Rücken, als sie an die letzte Begegnung mit Anton dachte. Seine kalten, blauen Augen hatten sie durchbohrt, und seine Worte waren wie ein eisiger Wind gewesen, der ihr die Hoffnung raubte. „Du bist nichts ohne mich, Sofie. Denk daran, woher du kommst", hatte er gesagt, und sie fühlte sich wie ein kleines Kind, das in der Dunkelheit verloren war. Doch Lucians Einfluss war stark, und die Sehnsucht nach einem besseren Leben brannte in ihr wie ein unaufhörliches Feuer.

„Kann ich wirklich alles riskieren?", fragte sie sich, während sie in die Nacht hinausschaute. Ihre Gedanken waren ein Wirbelwind aus Angst und Hoffnung. Lucian war ein Licht in ihrem Leben, ein Funke, der sie dazu brachte, an sich selbst zu glauben. Aber die Schatten ihrer Vergangenheit waren lang und drohend. Sofie wusste, dass sie sich entscheiden musste, und diese Entscheidung würde nicht nur ihr eigenes Schicksal bestimmen, sondern auch das von Lucian.

Die Emotionen überwältigten sie, als sie an die Möglichkeit dachte, alles hinter sich zu lassen. Was wäre, wenn sie sich gegen Anton stellte? Was, wenn sie bereit war, für ihre Träume zu kämpfen? Die Vorstellung war sowohl aufregend als auch beängstigend. Sofie fühlte sich wie ein Schmetterling, der kurz davor war, aus seinem Kokon zu brechen, aber die Angst vor dem Unbekannten hielt sie zurück.

„Ich kann nicht länger in Angst leben", flüsterte sie entschlossen und ballte die Fäuste. „Ich werde für meine Träume kämpfen." Diese Entschlossenheit war neu und berauschend, und sie spürte, wie sich etwas in ihr veränderte. Sofie wusste, dass sie die Unterstützung von Lucian brauchte, um diesen Schritt zu wagen. Er war der einzige, der sie verstand, der die Künstlerin in ihr sah und nicht nur die Prostituierte, die sie zu sein schien.

Als sie sich auf den Weg zu Lucians Atelier machte, spürte sie, wie ihr Herz schneller schlug. Jeder Schritt war ein Schritt in Richtung Freiheit, ein Schritt weg von Anton und dem Leben, das sie nicht mehr führen wollte. Sofie wusste, dass sie alles riskieren musste, um die Liebe zu Lucian zu schützen und ihre Träume zu verwirklichen. Und während die Neonlichter über ihr flackerten, fühlte sie, dass sie bereit war, alles zu riskieren.

11.2 Lucians Unterstützung und die Angst vor Verlust

In Eldorheim hüllte die Dunkelheit die Stadt ein, während Neonlichter wie gefangene Sterne in einem unendlichen Schattenmeer leuchteten. Sofie saß in Lucians Atelier, umgeben von Farben und Pinselstrichen, die Geschichten erzählten, die sie selbst nicht auszusprechen vermochte. Hier blühte sie auf, als ob die Kunst sie aus den Fängen ihrer Vergangenheit befreite. Lucians Anwesenheit war ein Lichtstrahl in ihrem trüben Leben, ein Funke der Hoffnung, der ihr zeigte, dass es mehr gab als nur das bloße Überleben. Doch trotz dieser neu gewonnenen Stärke nagte eine ständige Angst an ihr – die Furcht, ihn zu verlieren.

„Was ist, wenn ich nicht gut genug bin? Was, wenn ich ihn enttäusche?" Diese Gedanken wirbelten in ihrem Kopf wie ein unaufhörlicher Sturm. Sofies innere Monologe waren ein Kampf zwischen dem Verlangen, sich zu öffnen, und der tief verwurzelten Furcht vor Verletzlichkeit. Sie hatte in der Vergangenheit oft genug erlebt, wie Vertrauen missbraucht wurde, und die Vorstellung, erneut verletzt zu werden, war unerträglich. In den stillen Momenten, wenn Lucian über seine Träume und seine Kunst sprach, spürte sie, wie ihre Mauer zu bröckeln begann. Aber die Frage blieb: Konnte sie ihm wirklich vertrauen?

Lucian war nicht nur ein Künstler; er war ein Mensch mit eigenen Dämonen, und doch schien er in der Lage zu sein, die Schönheit in der Dunkelheit zu erkennen. Er verstand Sofie auf eine Weise, die sie nie für möglich gehalten hätte. „Du bist mehr als das, was du tust", hatte er einmal gesagt, und diese Worte hallten in ihrem Herzen wider. Doch während sie sich von seinen Komplimenten und seiner Unterstützung stärken ließ, war da immer noch das nagende Gefühl der Unsicherheit. „Was, wenn er mich nur als Muse sieht? Was, wenn ich ihm nicht genug bin?"

In den letzten Tagen hatte Sofie versucht, sich von Anton zu distanzieren, dem skrupellosen Zuhälter, der sie einst in die Dunkelheit gezogen hatte. Doch die ständige Bedrohung durch ihn schwebte wie ein Schatten über ihrem neu gefundenen Glück. Sie wusste, dass Anton nicht einfach verschwinden würde; seine Präsenz war omnipräsent, ein ständiger Reminder an die Realität, aus der sie zu entkommen versuchte. Sofies Gedanken wanderten zurück zu den Zeiten, als sie noch glaubte, dass Freiheit nur ein Traum war, und die Vorstellung, dass sie diesen Traum mit Lucian teilen könnte, schien fast unerreichbar.

„Ich kann nicht zulassen, dass er mir alles nimmt, was ich mir aufgebaut habe", murmelte sie leise, während sie auf die Farben auf der Leinwand starrte. Lucian bemerkte ihre innere Zerrissenheit und legte eine Hand auf ihre Schulter. „Sofie, du bist nicht allein. Ich bin hier, und ich werde für dich kämpfen." Seine Worte waren wie ein warmer Mantel, der sie umhüllte, doch die Angst vor Verlust ließ sich nicht so leicht vertreiben. Was, wenn er eines Tages beschloss, dass er genug von ihr hatte? Was, wenn die Dunkelheit sie wieder einholte und sie Lucian nicht mehr an ihrer Seite hatte?

Die Fragen quälten sie, während sie versuchte, sich auf die Farben um sie herum zu konzentrieren. Sofie griff nach einem Pinsel und tauchte ihn in die leuchtenden Farben, die Lucian für sie ausgewählt hatte. Jeder Strich war ein Versuch, ihre Ängste auszudrücken, ihre Unsicherheiten in etwas Greifbares zu verwandeln. Wenn ich male, fühle ich mich frei, dachte sie, während sie die Pinselstriche auf die Leinwand brachte. Doch je mehr sie malte, desto mehr wurde ihr bewusst, dass die Freiheit, die sie suchte, nicht nur in der Kunst lag, sondern auch in der Fähigkeit, sich selbst zu vertrauen.

„Kann ich wirklich loslassen? Kann ich Lucian wirklich vertrauen?" Diese Fragen schwirrten in ihrem Kopf, während sie die Farben auf der Leinwand vermischte. Sofie wusste, dass sie einen Schritt wagen musste, um sich von ihrer Vergangenheit zu befreien. Die Kunst war ihr Fluchtweg, aber die emotionale Verletzlichkeit, die sie fühlte, war ebenso real. Lucians Unterstützung war ein Licht in der Dunkelheit, doch die ständige Angst vor Verlust war ein Schatten, der sie verfolgte.

Als die Nacht fortschritt und die Neonlichter draußen flackerten, fühlte Sofie, dass sie an einem Wendepunkt stand. Sie musste entscheiden, ob sie bereit war, das Risiko einzugehen, sich zu öffnen und Lucian zu vertrauen. Vielleicht ist das der erste Schritt zur Selbstverwirklichung, dachte sie. Und während sie weiter malte, spürte sie, dass die Farben auf der Leinwand nicht nur ihre Ängste, sondern auch ihre Hoffnungen und Träume zum Ausdruck brachten. In diesem Moment erkannte sie, dass sie nicht allein war – Lucian war an ihrer Seite, und vielleicht, nur vielleicht, war das genug, um die Dunkelheit zu besiegen.

11.3 Ein Wendepunkt in Sofies Leben

Die Neonlichter von Eldorheim warfen flackernde Reflexionen auf Sofies Gesicht, während sie an der Straßenecke verharrte und die kühle Nachtluft tief einatmete. In diesem Augenblick fühlte sie sich wie ein Schatten, gefangen zwischen den strahlenden Farben der Stadt. Ihre Gedanken wirbelten um die Entscheidung, die vor ihr lag – eine Wahl, die nicht nur ihr eigenes Leben, sondern auch die Zukunft von Lucian beeinflussen würde. Sie war sich bewusst, dass sie nicht länger in der Dunkelheit verweilen konnte, die Anton über sie brachte. Der Gedanke, für ihre Träume zu kämpfen, war sowohl ein Lichtstrahl als auch ein Sturm in ihrem Herzen.

In den letzten Wochen hatte Sofie eine bemerkenswerte Wandlung durchlebt. Lucians Einfluss hatte ihr die Augen geöffnet für eine Welt jenseits der Gassen, in denen sie lebte. Seine Kunst war nicht nur ein Ausdruck seiner Seele, sondern auch ein Spiegel ihrer eigenen Wünsche und Ängste. Erinnerungen an die Gespräche mit ihm, an die Art, wie er sie ermutigte, ihre Kreativität zu entfalten und ihre Stimme zu finden, durchzogen ihren Geist. Doch die ständige Bedrohung durch Anton lastete schwer auf ihr, und sie wusste, dass sie sich entscheiden musste, bevor es zu spät war.

„Was ist Freiheit für dich, Sofie?" hatte Lucian einmal gefragt, seine Augen suchend und voller Verständnis. Diese Frage hatte sich tief in ihr verankert, und nun, während sie an der Straßenecke stand, war ihr klar, dass sie die Antwort finden musste. Freiheit bedeutete nicht nur, aus dem Rotlichtmilieu zu entkommen; es bedeutete, sich selbst zu akzeptieren und die Kontrolle über ihr eigenes Leben zu übernehmen. Doch der Preis dafür war hoch, und der Weg dorthin war steinig und ungewiss.

Als sie über die Möglichkeit nachdachte, Eldorheim hinter sich zu lassen, spürte sie eine Mischung aus Hoffnung und Verzweiflung. Die Straßen, die sie gekannt hatte, waren gleichzeitig ihr Gefängnis und ihr Zuhause. Die Gesichter der Menschen, die sie traf, waren vertraut, aber auch voller Erinnerungen, die sie nicht loslassen konnte. „Wirst du wirklich bereit sein, alles hinter dir zu lassen?", fragte sie sich. Ihre innere Stimme war laut, und sie konnte die Zweifel nicht ignorieren, die sie quälten.

Doch inmitten dieser inneren Kämpfe spürte sie auch eine wachsende Entschlossenheit. Sie wollte nicht mehr die passive Figur in ihrem eigenen Leben sein. Sofie wollte die Protagonistin ihrer Geschichte werden, und das bedeutete, sich Anton zu stellen. Sie erinnerte sich an die Momente, in denen sie Lucian in seinem Atelier besucht hatte, wo die Farben und Formen sie in eine andere Welt entführten. Dort fühlte sie sich lebendig, und dort wollte sie wieder hin.

„Ich werde nicht zulassen, dass Anton mich kontrolliert", murmelte sie leise zu sich selbst. Es war ein Schwur, ein Versprechen an sich selbst, dass sie die Ketten sprengen würde, die sie hielten. Der Gedanke daran, für ihre Träume zu kämpfen, gab ihr den Mut, die ersten Schritte in eine ungewisse Zukunft zu wagen. Sie wusste, dass es gefährlich sein würde, aber sie war bereit, das Risiko einzugehen.

Mit einem tiefen Atemzug wandte sie sich von der Straßenecke ab und machte sich auf den Weg zu Lucians Atelier. Jeder Schritt fühlte sich an wie ein kleiner Sieg, ein Schritt näher zu dem Leben, das sie sich immer gewünscht hatte. Während sie durch die Straßen ging, spürte sie die Kälte der Nacht, aber auch die Wärme der Hoffnung, die in ihrem Herzen brannte. Sie war entschlossen, sich von der Dunkelheit zu befreien und das Licht zu suchen, das sie in Lucians Kunst gefunden hatte.

„Es ist Zeit, für mich selbst zu kämpfen", dachte sie, während sie die Tür zu Lucians Atelier öffnete. Der Raum war erfüllt von Farben und Kreativität, und sie fühlte sich sofort willkommen. Lucian drehte sich um, und als er sie sah, lächelte er. In diesem Moment wusste Sofie, dass sie nicht allein war. Gemeinsam würden sie gegen die Schatten kämpfen, die sie verfolgten. Ihre Entscheidung war getroffen, und der Weg zur Freiheit war zwar steinig, aber sie war bereit, ihn zu gehen.

Der Wendepunkt in Sofies Leben war erreicht, und mit jedem Pinselstrich, den sie in Lucians Atelier setzte, würde sie nicht nur ihre eigene Geschichte neu schreiben, sondern auch die Geschichten der Frauen, die in den Schatten lebten. Es war der Beginn einer neuen Reise, und Sofie war bereit, sich den Herausforderungen zu stellen, die vor ihr lagen.

12.1 Sofies Entscheidung, sich Anton zu stellen

In der Dunkelheit flackerten die Neonlichter von Eldorheim, während Sofie auf dem schmalen Gehweg verharrte und den vertrauten, doch bedrohlichen Klang von Antons Stimme vernahm. Ihr Herz schlug heftig in ihrer Brust, ein unaufhörlicher Rhythmus aus Angst und Zweifel. Heute war der Tag, an dem sie eine Entscheidung treffen musste. Der Tag, an dem sie nicht länger in der Schattenwelt leben konnte, die Anton für sie geschaffen hatte.

„Du bist nichts ohne mich, Sofie", hatte er gesagt, als sie sich das letzte Mal begegnet waren. Seine Worte schnitten wie ein kaltes Messer tief in ihr Herz. Doch jetzt, während sie in die Nacht starrte, spürte sie, dass etwas in ihr erwachte. Ein Funke des Mutes, der sich gegen die Ketten ihrer Vergangenheit auflehnte. Rückkehr war keine Option mehr. Sie musste sich Anton stellen.

In den letzten Wochen hatte sie immer wieder darüber nachgedacht, was Freiheit für sie bedeutete. Es war nicht nur der physische Raum, den sie suchte, sondern auch die emotionale Unabhängigkeit, die sie sich so sehr wünschte. Lucian hatte ihr gezeigt, dass es mehr im Leben gab als die ständige Angst vor dem nächsten Schritt. Er hatte sie ermutigt, ihre Träume zu verfolgen, und sie wollte ihm nicht enttäuschen. Aber die Realität war, dass Anton wie ein Schatten über ihrem Leben schwebte, immer bereit, sie zurückzuziehen, wenn sie versuchte, zu entkommen.

„Was, wenn ich versage? Was, wenn ich alles verliere?", dachte sie, während sie die Gassen entlangging, die einst ihre Heimat waren. Die Erinnerungen an ihre Kindheit, an die Träume, die sie gehabt hatte, schienen so weit entfernt. Sie fühlte sich wie eine Gefangene in ihrem eigenen Leben, gefangen zwischen dem Wunsch nach Freiheit und der Angst vor den Konsequenzen ihrer Entscheidungen.

Der Gedanke an Lucian brachte einen Hauch von Hoffnung in ihr Herz. Er hatte sie in die Kunstszene eingeführt, ihr gezeigt, dass sie mehr war als nur das, was Anton aus ihr gemacht hatte. Doch je näher sie ihm kam, desto mehr wuchs die Angst, dass Anton ihn verletzen könnte. „Ich kann nicht zulassen, dass er das zerstört, was ich mir aufgebaut habe", murmelte sie leise zu sich selbst. Der Entschluss, sich Anton zu stellen, war nicht nur ein Akt der Rebellion, sondern auch ein Versuch, ihre Liebe zu schützen.

Als sie schließlich vor dem heruntergekommenen Gebäude stand, in dem Anton oft seine Geschäfte abwickelte, überkam sie ein Schauer. Der Geruch von Alkohol und Zigarettenrauch drang durch die Wände, und sie konnte die Stimmen der Männer hören, die drinnen lachten und sich über Frauen lustig machten. Sofie atmete tief ein und trat einen Schritt näher. „Das ist es", dachte sie. „Es ist jetzt oder nie."

Sie erinnerte sich an die Worte von Lucian: „Manchmal muss man den Mut finden, sich seinen Ängsten zu stellen, um wirklich frei zu sein." Diese Worte hallten in ihrem Kopf wider, während sie die Tür aufstieß und eintrat. Die Dunkelheit des Raumes umhüllte sie wie ein schwerer Mantel, aber sie war entschlossen, nicht aufzugeben. „Ich bin hier, Anton", rief sie, ihre Stimme fest und klar, obwohl ihr Herz raste.

Die Blicke der Männer wandten sich ihr zu, und für einen Moment herrschte Stille. Anton saß am Ende des Raumes, ein selbstgefälliges Grinsen auf den Lippen. „Sofie, meine Kleine, was für eine Überraschung", sagte er mit einem Ton, der sowohl spöttisch als auch gefährlich klang. „Dachtest du wirklich, du könntest einfach verschwinden?"

Ein Schauer lief ihr über den Rücken, aber sie hielt seinen Blick stand. „Ich bin nicht hier, um zu verschwinden, Anton. Ich bin hier, um zu kämpfen. Für mich selbst und für meine Träume."

Die Worte kamen mit einer Kraft, die sie selbst überraschte. Sofie fühlte, wie die Angst in ihr schwand und stattdessen Entschlossenheit Platz nahm. Dies war der Moment, in dem sie sich entscheiden musste, ob sie weiterhin in der Dunkelheit leben oder den ersten Schritt ins Licht wagen wollte. „Ich werde nicht mehr deine Marionette sein", erklärte sie, und die Männer um sie herum begannen zu murmeln.

Anton stand auf, seine Augen funkelten vor Wut. „Du weißt nicht, mit wem du es zu tun hast, Sofie. Du bist nichts ohne mich. Glaub nicht, dass du einfach gehen kannst."

„Doch, das kann ich", antwortete sie, ihre Stimme fest und unerschütterlich. „Ich werde nicht zulassen, dass du mein Leben kontrollierst. Es ist Zeit, dass ich für mich selbst einstehe."

In diesem entscheidenden Moment, als die Luft zwischen ihnen knisterte, wusste Sofie, dass sie an einem Wendepunkt in ihrem Leben angekommen war. Die Entscheidung, sich Anton zu stellen, war nicht nur ein Kampf gegen ihn, sondern auch ein Kampf gegen die inneren Dämonen, die sie so lange gefangen gehalten hatten. Sie war bereit, die Konsequenzen zu tragen, egal wie schmerzhaft sie auch sein mochten. Denn in diesem Moment erkannte sie, dass Freiheit nicht nur ein Ziel war, sondern ein Prozess, der Mut und Entschlossenheit erforderte.

12.2 Ein riskantes Treffen mit Antons Drohungen

Die Nacht war wie ein undurchdringlicher Schleier, als Sofie sich auf den Weg zu dem abgelegenen Ort machte, an dem sie Anton treffen sollte. In der Ferne blitzten die Neonlichter von Eldorheim, doch hier, in den schattigen Gassen, schien die Dunkelheit alles zu verschlingen. Ihr Herz schlug schnell, während sie versuchte, ihre Angst zu überwinden. Was würde er tun? Diese Frage brannte in ihrem Kopf, während sie sich an die letzten Worte von Lucian erinnerte: „Sei vorsichtig, Sofie. Anton ist unberechenbar."

Als sie ankam, war die Luft schwer von der drohenden Gefahr, die Anton ausstrahlte. Er stand dort, umgeben von einem Kreis seiner Handlanger, die ihn wie Schatten umgaben. Sofies Magen zog sich zusammen, als sie seinen Blick traf – kalt und berechnend. „Sofie", begann er mit einer Stimme, die wie ein leises Gift in der Luft hing, „ich habe auf dich gewartet."

Sie zwang sich, ihm in die Augen zu sehen, auch wenn sie wusste, dass es gefährlich war. „Ich bin hier, Anton. Lass uns reden." Ihre Stimme war fester, als sie sich fühlte. Sie musste stark sein, für sich selbst und für die Träume, die sie mit Lucian teilte. Doch die Unsicherheit nagte an ihr, während sie über die Konsequenzen nachdachte, die diese Begegnung mit sich bringen könnte.

„Reden?" Anton lachte, und das Geräusch war schneidend. „Du hast keine Ahnung, in was du dich hineinziehst. Du bist ein Spielzeug, Sofie, und ich kann entscheiden, ob ich dich behalten oder wegwerfen will." Sein Lächeln war nichts anderes als eine Maske, hinter der sich seine wahre Absicht verbarg. Sofie spürte, wie die Kälte in ihren Adern sich ausbreitete, und die Realität ihrer Situation wurde ihr schmerzlich bewusst.

„Ich bin kein Spielzeug", entgegnete sie, und obwohl ihre Stimme zitterte, war da ein Funke von Entschlossenheit. „Ich bin mehr als das. Ich habe Träume, Anton. Träume, die du nicht zerstören kannst." Sie wollte, dass ihre Worte wie Pfeile trafen, dass sie ihm die Stärke zeigte, die sie in sich trug, auch wenn sie sich innerlich wie ein Häufchen Elend fühlte.

Anton trat einen Schritt näher, und die Spannung zwischen ihnen war greifbar. „Träume? Glaubst du wirklich, dass du hier rauskommst? Du bist in meinem Spiel gefangen, und ich kontrolliere die Regeln." Seine Augen funkelten vor Bosheit, und Sofie fühlte, wie ihre Wut aufstieg. Er darf mich nicht gewinnen lassen.

„Ich werde nicht zulassen, dass du mein Leben bestimmst", rief sie, ihre Stimme fest und klar. In diesem Moment spürte sie, wie eine Welle von Kraft durch sie hindurchfloss. Es war der erste Schritt auf dem langen Weg zur Selbstverwirklichung, den sie so verzweifelt suchte. Sie hatte genug von der Angst, genug von der Ohnmacht, die Anton über sie hatte. Sie war bereit, sich zu wehren.

„Du bist mutig, Sofie", sagte Anton, und für einen kurzen Moment schien er überrascht zu sein. „Aber Mut allein wird dich nicht retten. Du bist in meiner Welt, und ich kann dir das Leben zur Hölle machen."

„Das mag sein", erwiderte sie, „aber ich werde nicht mehr schweigen. Ich werde kämpfen, Anton. Und ich werde nicht aufgeben." Diese Worte waren nicht nur eine Herausforderung; sie waren ein Schwur. Sofie wusste, dass sie sich gegen Anton behaupten musste, nicht nur für sich selbst, sondern auch für all die Frauen, die unter seiner Kontrolle litten.

Die Konfrontation zwischen ihnen war nicht nur ein persönlicher Kampf; sie war ein Symbol für den Kampf gegen die Unterdrückung, die Frauen wie sie erlitten. Sofie spürte, wie die Energie in der Luft knisterte, als sie sich ihm entgegenstellte. Es war der Moment, in dem sie sich entschied, dass sie nicht länger die passive Figur in Antons Spiel sein würde.

„Du wirst sehen, Anton", sagte sie mit fester Stimme. „Ich werde nicht aufgeben. Ich werde kämpfen, bis ich meine Freiheit finde." Mit diesen Worten drehte sie sich um und ging, das Gefühl von Entschlossenheit in jedem Schritt. Es war ein Risiko, aber eines, das sie bereit war einzugehen. Sofie wusste, dass sie auf dem Weg zur Selbstverwirklichung war, und dass dieser Weg voller Herausforderungen und Gefahren sein würde. Doch jetzt hatte sie die Kraft, sich ihnen zu stellen.

12.3 Die Enthüllung von Antons wahren Motiven

Schwer und drückend lag die Luft in dem schummrigen Raum, während Sofie unter dem flackernden Neonlicht stand. Ihr Herz raste, als sie Anton gegenübertrat, dessen kalte Augen wie Pfeile in ihre Seele stachen. Der Augenblick war gekommen, in dem die Wahrheit ans Licht kommen sollte, und sie spürte, dass nichts mehr so sein würde wie zuvor. Anton, der skrupellose Zuhälter, der über ihr Leben herrschte, hatte die Fäden gezogen, und jetzt war es an der Zeit, sich den Konsequenzen zu stellen.

„Du dachtest, du könntest einfach entkommen, oder?" Anton sprach mit einem selbstgefälligen Lächeln, das seine scharfen Zähne entblößte. „Aber ich bin nicht nur dein Schatten, Sofie. Ich bin die Dunkelheit, die dich verfolgt, egal wohin du gehst." Seine Worte trafen sie wie ein Schlag ins Gesicht, und sie fühlte, wie die Kälte der Realität sie umhüllte. Die Illusion von Freiheit, die sie sich aufgebaut hatte, begann zu zerbröckeln.

„Was willst du wirklich von mir, Anton?" fragte sie, ihre Stimme zitterte, doch sie versuchte, Stärke zu zeigen. „Ich bin kein Spielzeug, das du nach Belieben benutzen kannst." In diesem Moment spürte sie, wie sich eine Welle der Entschlossenheit in ihr regte. Sie wollte nicht länger das Opfer seiner Machenschaften sein.

Anton trat näher, und der Gestank von Zigarettenrauch und Macht umgab ihn. „Du bist nicht nur ein Spielzeug, Sofie. Du bist ein Teil meines Plans. Ich habe dich immer als meine Geheimwaffe gesehen, um Lucian zu zerstören. Er ist der Künstler, der versucht, das Licht in die Dunkelheit zu bringen, und ich kann nicht zulassen, dass er gewinnt." Seine Stimme war kalt und berechnend, und Sofie spürte, wie sich ihre Wut aufstaute.

„Du hast nie an mich geglaubt, Anton. Du hast mich nur benutzt, um deine eigenen Ziele zu erreichen. Aber ich bin nicht mehr das Mädchen, das du einmal gekannt hast. Ich werde nicht zulassen, dass du mich kontrollierst." Ihre Worte waren wie ein Feuer, das in ihr brannte, und sie wusste, dass sie nicht mehr zurückweichen konnte.

Die Erkenntnis über Antons wahre Motive traf sie wie ein Blitz. Es war nicht nur seine Kontrolle über sie, die sie gefangen hielt, sondern auch die Angst, die er in ihr schürte. Doch jetzt, wo die Wahrheit ans Licht kam, fühlte sie sich befreit. Sie war nicht länger bereit, in der Dunkelheit zu leben. „Ich werde kämpfen, Anton. Für meine Freiheit, für meine Träume. Und ich werde nicht alleine sein."

In diesem Moment dachte sie an Lucian, an die Hoffnung, die er in ihr geweckt hatte. Er hatte ihr gezeigt, dass es mehr im Leben gab als Überleben; es gab auch die Möglichkeit, zu leben und zu lieben. Diese Gedanken gaben ihr Kraft, und sie spürte, wie die Angst in ihr schwand.

„Du denkst, du kannst mich einschüchtern?", fragte sie mit fester Stimme. „Ich habe mehr Mut in mir, als du je verstehen wirst. Ich werde nicht zulassen, dass du mein Leben kontrollierst." Sofies Entschlossenheit war wie ein Schild, das sie vor Antons Manipulationen schützte. Sie hatte gelernt, dass ihre Identität nicht von ihm bestimmt werden konnte.

Anton schnaubte verächtlich, doch in seinen Augen lag ein Funken von Unsicherheit. „Du bist naiv, Sofie. Glaub nicht, dass du einfach entkommen kannst. Ich werde immer einen Weg finden, dich zurückzuholen."

„Vielleicht", antwortete sie, „aber ich werde nicht mehr diejenige sein, die du einmal gekannt hast. Ich werde meine eigene Geschichte schreiben." In diesem Moment fühlte sie sich lebendig, als hätte sie die Kontrolle über ihr eigenes Schicksal in der Hand. Die Themen von Identität und Selbstverwirklichung wurden in ihr lebendig, und sie wusste, dass sie bereit war, für ihre Freiheit zu kämpfen.

Als sie den Raum verließ, war die Dunkelheit nicht mehr erdrückend. Stattdessen fühlte sie sich leicht, als ob die Neonlichter über ihr nun nicht nur die Schatten beleuchteten, sondern auch den Weg in eine neue Zukunft. Sofie war entschlossen, ihre Träume zu verwirklichen und sich von Anton zu befreien. Sie hatte die Kontrolle über ihr eigenes Leben übernommen, und das war erst der Anfang.

13.1 Sofies Flucht vor Anton und seinen Handlangern

In der Dunkelheit von Eldorheim lastete ein unheilvolles Schweigen, nur durch das entfernte Flimmern der Neonlichter unterbrochen, die wie geisterhafte Sterne über den schattigen Gassen leuchteten. Sofie spürte, wie das Adrenalin in ihren Adern pulsierte, während sie hastig durch die finsteren Straßen rannte. Ihre Gedanken wirbelten wie ein Sturm aus Angst und Entschlossenheit. Anton war nicht weit hinter ihr, und seine Handlanger bewegten sich wie Schatten in der Dunkelheit, bereit, sie einzuholen.

Jeder Schritt fühlte sich an wie ein Wettlauf gegen die Zeit. Sofies Herz schlug wild, als sie sich daran erinnerte, was auf dem Spiel stand. Freiheit. Ihre Freiheit. Der Gedanke, dass Anton sie wieder in seine Fänge ziehen könnte, ließ sie frösteln. Zu lange hatte sie in der Dunkelheit gelebt, und jetzt, wo sie einen Funken Hoffnung in Lucians Augen gesehen hatte, konnte sie nicht zurückkehren. Der Gedanke daran, erneut gefangen zu sein, war unerträglich.

Die Straßen waren ihr vertraut, doch in dieser Nacht schienen sie sich gegen sie zu wenden. Sofie bog um eine Ecke und stieß fast mit einem Passanten zusammen, der sie mit einem verwirrten Blick musterte. „Entschuldigung", murmelte sie hastig und setzte ihren Lauf fort. Ihr Verstand war ein chaotisches Durcheinander aus Erinnerungen und der ständigen Bedrohung durch Anton. Sie hatte die Wahl getroffen, sich zu wehren, und jetzt musste sie die Konsequenzen tragen.

Ein Blick über die Schulter verriet ihr, dass die Verfolger näher kamen. Anton hatte immer seine Handlanger bei sich, brutale Männer, die keine Skrupel kannten. Sofie spürte, wie die Panik in ihr aufstieg. Ich kann nicht aufgeben. Ich darf nicht aufgeben. Diese Gedanken trieben sie an, während sie versuchte, einen Ausweg zu finden. Die Neonlichter, die einst eine verführerische Anziehungskraft hatten, schienen nun wie gefährliche Fallen, die sie in die Enge treiben wollten.

Sie rannte weiter, ihre Füße schmerzten, aber der Schmerz war nichts im Vergleich zu der Angst, die sie fühlte. Sofie wusste, dass sie alles riskieren musste, um ihre Freiheit zu erlangen. In diesem Moment war sie nicht nur eine Prostituierte, die durch die Straßen von Eldorheim irrte; sie war eine Frau, die um ihr Leben kämpfte. Ihre Identität war nicht länger an die Schatten ihrer Vergangenheit gebunden. Sie wollte mehr, und das wusste sie. Doch die ständige Bedrohung durch Anton war wie ein Schatten, der sie verfolgte.

„Schneller!", hörte sie eine Stimme rufen, und das Geräusch von schweren Schritten hinter ihr ließ ihr Herz noch schneller schlagen. Sofie bog in eine schmale Gasse ein, die von Mülltonnen gesäumt war, und hielt den Atem an. Ihre Gedanken rasten. Was, wenn sie mich finden? Was, wenn ich nicht entkommen kann? Doch sie wusste, dass sie nicht aufgeben durfte. Lucian hatte ihr gezeigt, dass es einen Ausweg gab, dass es Hoffnung gab. Diese Hoffnung war es, die sie antrieb, während sie in die Dunkelheit eintauchte.

In der Gasse war es still, und Sofie nutzte den Moment, um sich zu sammeln. Sie drückte sich gegen die kalte Wand und lauschte den Geräuschen, die sich näherte. Ihre innere Zerrissenheit zwischen der Angst vor Anton und dem Drang nach Freiheit war überwältigend. Ich kann nicht zurückkehren. Ich darf nicht. Die Gedanken rasten durch ihren Kopf, während sie versuchte, einen Plan zu schmieden. Wo konnte sie hin? Wo würde sie sicher sein?

Plötzlich hörte sie Stimmen, die näher kamen. „Wo ist sie hin?", fragte einer der Handlanger. Sofies Herz setzte einen Schlag aus. Sie dürfen mich nicht finden. Mit einem letzten Blick auf die Straße, die sie gerade gekommen war, machte sie sich auf den Weg in die entgegengesetzte Richtung. Ihre Beine trugen sie weiter, und der Drang zu überleben wurde stärker als je zuvor. Sie wusste, dass sie alles riskieren musste, um ihre Freiheit zu erlangen.

Der Kampf um ihre Identität und ihr Überleben war nicht nur ein physischer Kampf; es war auch ein emotionaler. Sofie spürte, wie die Tränen in ihren Augen brannten, aber sie weinte nicht. Sie war entschlossen, nicht zuzulassen, dass Anton sie besiegte. Sie war mehr als nur ein Opfer. Sie war eine Kämpferin, und in diesem Moment war es Zeit, zu kämpfen.

Die Straßen von Eldorheim waren voller Gefahren, aber sie waren auch voller Möglichkeiten. Sofie wusste, dass sie die Dunkelheit hinter sich lassen musste, um das Licht zu finden. Und während sie weiterlief, fühlte sie, dass der Weg zur Freiheit vor ihr lag, so steinig und herausfordernd er auch sein mochte. Es war an der Zeit, für sich selbst einzustehen und die Kontrolle über ihr eigenes Leben zu übernehmen.

13.2 Lucians verzweifelte Suche nach Sofie

In ein düsteres Licht gehüllt, durchstreifte Lucian hastig die Straßen von Eldorheim. Sein Herz pochte ungestüm in seiner Brust, während die flackernden Neonlichter über ihm Schatten warfen, die wie die Geister seiner Vergangenheit wirkten. Sofie war verschwunden, und mit jedem verstrichenen Moment wuchs seine Besorgnis ins Unermessliche. Obwohl er sie erst vor kurzem kennengelernt hatte, fühlte es sich an, als wäre sie ein Teil seiner Seele geworden. Ihre Augen, die in der Dunkelheit strahlten, hatten eine Flamme in ihm entfacht, die er nicht länger ignorieren konnte.

Lucian war sich der realen Gefahr bewusst, die von Anton ausging. Der skrupellose Zuhälter war nicht nur ein Schatten in Sofies Leben; er war ein Monster, bereit, alles zu vernichten, was Lucian liebte. Während er durch die Gassen hastete, schwebten die letzten Momente, die sie zusammen verbracht hatten, in seinem Kopf. Ihr Lachen hallte wider, ein süßer Klang, der ihn sowohl tröstete als auch quälte. Wo könnte sie nur sein? fragte er sich immer wieder, während er die vertrauten Ecken der Stadt durchsuchte, die nun so viel bedrohlicher erschienen.

Die Gedanken an Sofie trugen ihn weiter, während er an den Orten vorbeikam, die sie gemeinsam besucht hatten. Er erinnerte sich an die Kunstgalerie, in der sie gelacht hatten, als sie die Werke betrachteten, und an die kleine Café-Ecke, wo sie stundenlang über ihre Träume gesprochen hatten. Diese Erinnerungen waren wie ein Lichtstrahl in der Dunkelheit, doch jetzt schien alles verloren. Lucian spürte, wie die Angst in ihm wuchs, ein kaltes Gefühl, das sich in seinen Magen schlich. Was, wenn er zu spät kam? Was, wenn Anton bereits zugeschlagen hatte?

Sein Verstand war ein Wirbelwind aus Sorgen und Fragen. Er hatte Sofie versprochen, sie zu beschützen, und jetzt fühlte er sich machtlos. Ich muss sie finden, dachte er entschlossen. Er kannte die Gefahren, die in den Schatten lauerten, und dennoch war er bereit, alles zu riskieren. Lucian hielt inne, um einen tiefen Atemzug zu nehmen, während er sich auf die nächste Ecke zubewegte. Dort sah er einen alten Bekannten, einen anderen Künstler, der in den dunklen Gassen lebte. Vielleicht wusste dieser etwas über Sofies Verbleib.

„Hast du Sofie gesehen?" fragte Lucian, seine Stimme fest, doch in seinen Augen lag eine tiefe Sorge. Der Mann sah ihn skeptisch an, dann schüttelte er den Kopf. „Sie ist nicht hier, Lucian. Aber ich habe gehört, dass Anton sie sucht." Die Worte trafen Lucian wie ein Schlag ins Gesicht. Er wusste, dass Anton nicht nur eine Bedrohung für Sofie war, sondern auch für ihn selbst. Was würde Anton tun, wenn er sie fand? Die Vorstellung ließ Lucian frösteln.

„Ich muss sie finden", wiederholte Lucian, diesmal lauter, als ob er sich selbst Mut zusprechen wollte. Der andere Künstler nickte, seine Miene wurde ernst. „Sei vorsichtig, Lucian. Anton ist unberechenbar. Wenn er dich sieht, wird er nicht zögern, dir zu schaden." Lucian spürte, wie sich ein Kloß in seinem Hals bildete. Die Worte seines Freundes hallten in seinem Kopf wider, während er sich auf den Weg machte, um Sofie zu suchen. Er wusste, dass er nicht aufgeben durfte. Sie war es wert, und er würde alles tun, um sie zu retten.

Die Zeit schien stillzustehen, während Lucian durch die Straßen hastete. Jeder Schritt fühlte sich an wie ein Wettlauf gegen die Zeit. Er dachte an Sofies Lächeln, an die Art, wie sie ihn angesehen hatte, als sie über ihre Träume sprach. Diese Erinnerungen gaben ihm Kraft, während er weiter suchte. Ich werde dich finden, Sofie, schwor er sich. Die Dunkelheit um ihn herum war erdrückend, aber in seinem Herzen brannte ein Licht, das ihn vorantrieb. Die Liebe, die er für sie empfand, war stärker als jede Angst, die ihn quälen konnte.

Lucian wusste, dass er nicht allein war. Er hatte Freunde, die ihm helfen würden, und er würde nicht ruhen, bis er Sofie gefunden hatte. In diesem Moment, während er durch die Straßen rannte, spürte er, dass er bereit war, alles zu riskieren. Für Sofie würde er kämpfen, selbst wenn es bedeutete, sich Anton entgegenzustellen. Die Liebe, die er für sie empfand, war sein Antrieb, und er würde nicht zulassen, dass die Dunkelheit sie verschlang.

13.3 Ein dramatisches Zusammentreffen in der Kunstszene

In Eldorheim lebte die Kunstszene, ein kaleidoskopisches Spektakel aus Farben und Klängen, das die Schatten der Stadt durchbrach. Sofie fand sich inmitten dieser pulsierenden Welt wieder, ihre Sinne überflutet von Eindrücken, die sie zuvor nur in Lucians Atelier erlebt hatte. Der Geruch frischer Farbe vermischte sich mit dem süßen Duft der Kreativität, während die Neonlichter um sie herum tanzten und die Gesichter der Menschen in ein warmes, einladendes Licht tauchten. Doch in ihrem Herzen nagte eine Unruhe, die sie nicht abschütteln konnte.

Sie wusste, dass sie hier war, um Lucian zu treffen, aber die Angst vor Anton schwebte wie ein dunkler Schatten über ihr. Was, wenn er sie fand? Was, wenn er Lucian fand? Diese Gedanken quälten sie, während sie auf die Ankunft des Mannes wartete, der ihr Herz erobert hatte und gleichzeitig die Tür zu einer neuen Welt geöffnet hatte. Die Wände der Galerie waren mit seinen Arbeiten geschmückt, jede Leinwand erzählte eine Geschichte von Schmerz und Hoffnung, von Freiheit und der Suche nach Identität. Sofie fühlte sich von diesen Bildern angezogen, als ob sie ihre eigenen Kämpfe und Träume darin erkennen könnte.

Plötzlich durchbrach die vertraute Silhouette von Lucian die Menge. Er trat ein, und für einen Moment schien die Zeit stillzustehen. Seine Augen suchten sofort nach ihr, und als sie sich trafen, blitzte ein Funke der Erleichterung in seinem Blick auf. Sofie lächelte, ein echtes Lächeln, das die Last ihrer Sorgen für einen kurzen Augenblick linderte. „Ich habe dich vermisst", flüsterte er, während er sich näherte und sie sanft an der Hand nahm. „Es ist so viel los hier."

„Es ist überwältigend", gestand Sofie, während sie sich in seiner Nähe sicherer fühlte. „Deine Kunst... sie ist wunderschön." Sie deutete auf ein großes Gemälde, das die Wand zierte. Es zeigte eine Stadt, die in Farben explodierte, eine Metapher für das Leben selbst, mit all seinen Höhen und Tiefen. „Es fühlt sich an, als würde es leben."

„Das ist der Punkt", antwortete Lucian, seine Stimme voller Leidenschaft. „Kunst ist der Ausdruck unserer innersten Gefühle. Sie kann uns befreien oder uns fesseln, je nachdem, wie wir sie nutzen." Sofie nickte, während sie über seine Worte nachdachte. In diesem Moment spürte sie, dass sie mehr als nur eine Prostituierte war; sie war eine Künstlerin, die noch darauf wartete, ihre Stimme zu finden.

Doch die Freude wurde jäh unterbrochen, als ein bekannter, kalter Blick die beiden durchdrang. Anton war eingetreten, seine Präsenz drückend und bedrohlich. Sofies Herz setzte einen Schlag aus, als sie ihn sah. „Schau mal, wer da ist", murmelte Lucian, seine Stimme plötzlich angespannt. „Wir müssen gehen."

„Ich kann nicht einfach verschwinden", protestierte Sofie, die das Gefühl hatte, dass sie sich Anton stellen musste. „Nicht jetzt, wo ich endlich etwas gefunden habe, das mir etwas bedeutet."

„Du verstehst nicht, Sofie. Er wird alles tun, um dich zurückzuholen. Du bist nicht sicher hier." Lucians Augen waren besorgt, und Sofie fühlte, wie die Angst sie wieder überkam. Doch in diesem Moment war sie entschlossen. „Ich kann nicht mehr weglaufen. Ich will nicht mehr weglaufen."

Die Konfrontation war unvermeidlich. Anton näherte sich mit einem selbstgefälligen Grinsen, das nichts Gutes verhieß. „Sofie, meine Liebe, du bist in einer Welt, die du nicht verstehst. Glaubst du wirklich, dass du hierher gehörst?" Seine Stimme war wie ein kalter Wind, der durch die Galerie fegte.

„Ich gehöre hierher", erwiderte Sofie, ihre Stimme fest und klar. „Ich bin nicht mehr die, die ich einmal war. Ich bin mehr als das, was du mir zugeschrieben hast." Lucian stellte sich schützend vor sie, und die Spannung zwischen den dreien war greifbar. In diesem Moment spürte Sofie, dass sie nicht allein war. Lucians Stärke gab ihr den Mut, sich gegen Anton zu behaupten.

„Du wirst nicht gewinnen, Anton", sagte Lucian, seine Stimme voller Entschlossenheit. „Ich werde sie nicht verlieren." Die Worte hallten in der Luft, während die beiden Männer sich gegenüberstanden, jeder bereit, für das zu kämpfen, was ihm wichtig war. Sofie wusste, dass sie sich entscheiden musste – zwischen der Sicherheit, die Anton bot, und der Freiheit, die Lucian ihr versprach.

Als die Spannung ihren Höhepunkt erreichte, spürte Sofie, dass sie an einem Wendepunkt stand. In diesem Moment wurde ihr klar, dass ihre Entscheidung nicht nur ihr Schicksal, sondern auch das von Lucian bestimmen würde. Die Frage, ob sie ihre Beziehung schützen und ihre Träume verwirklichen konnten, schwebte über ihnen wie ein Damoklesschwert. Und während die Neonlichter um sie herum flackerten, wusste sie, dass der Kampf um ihre Freiheit gerade erst begonnen hatte.

14.1 Sofies und Lucians vereinte Kräfte gegen Anton

In der Dämmerung flackerten die Neonlichter von Eldorheim, während Sofie und Lucian sich in einer schummrigen Ecke eines Cafés trafen. Der Duft von frisch gebrühtem Kaffee vermischte sich mit dem süßen Aroma von Zigarettenrauch, und das leise Murmeln der anderen Gäste bildete ein beruhigendes Hintergrundrauschen. Doch in Sofies Herzen tobte ein Sturm. Die ständige Bedrohung durch Anton war allgegenwärtig, ein Schatten, der über ihrem neu gefundenen Glück schwebte.

„Wir müssen etwas unternehmen", sagte Lucian mit fester Stimme, seine Augen funkelten vor Entschlossenheit. „Ich kann nicht einfach zusehen, wie er dich bedroht." Sofie spürte, wie sich ein warmes Gefühl der Sicherheit in ihr ausbreitete. Lucians Präsenz war wie ein Anker in einem unruhigen Meer, und sie wusste, dass sie zusammen stärker waren. Ihre Liebe, die in den letzten Wochen gewachsen war, wurde zu einer Quelle der Stärke, die sie beide antrieb.

„Aber was können wir tun?", fragte Sofie, ihre Stimme zitterte leicht. „Er hat so viel Macht, und ich... ich bin nur eine Prostituierte in seinen Augen." Sie senkte den Blick, unfähig, die Scham zu verbergen, die sie über ihre Vergangenheit empfand. Lucian beugte sich über den Tisch, seine Hand fand die ihre und drückte sie sanft.

„Du bist mehr als das, Sofie. Du bist eine Kämpferin. Und ich werde an deiner Seite stehen, egal was passiert." Seine Worte waren wie ein Lichtstrahl, der durch die Dunkelheit brach. Sofie fühlte, wie ihre Angst langsam von Hoffnung ersetzt wurde. Gemeinsam könnten sie die Ketten sprengen, die Anton um sie gelegt hatte.

Die Gespräche über ihre Träume und Wünsche wurden intensiver, während sie Pläne schmiedeten. Sofie sprach von ihrer Leidenschaft für die Kunst, von der Freiheit, die sie suchte, und von dem Leben, das sie sich erträumte. Lucian hörte aufmerksam zu, seine Augen leuchteten vor Begeisterung, als er die Möglichkeiten erkannte, die vor ihnen lagen. „Lass uns einen Weg finden, deine Kunst zu zeigen. Lass uns die Stadt mit deinen Farben füllen", schlug er vor.

Doch in der Ferne lauerte Anton, ein skrupelloser Zuhälter, dessen Einfluss über die Straßen von Eldorheim reichte. Sofie konnte nicht vergessen, wie er sie einmal behandelt hatte, wie er ihre Träume mit Füßen trat. Die Vorstellung, ihm gegenüberzutreten, jagte ihr Angst ein. „Was ist, wenn er uns findet? Was ist, wenn er uns auseinanderreißt?" Ihre Stimme war kaum mehr als ein Flüstern, als sie die Realität ihrer Situation betrachtete.

„Wir werden nicht zulassen, dass er uns trennt", antwortete Lucian mit fester Überzeugung. „Wir müssen stark sein, gemeinsam. Du bist nicht allein, Sofie. Ich werde alles tun, um dich zu beschützen." In diesem Moment spürte Sofie die Intensität ihrer Emotionen. Die Liebe, die sie füreinander empfanden, war nicht nur eine Flamme, sondern ein loderndes Feuer, das bereit war, alles zu verbrennen, was sich ihnen in den Weg stellte.

Die Entschlossenheit, für ihre Träume zu kämpfen, wurde zur treibenden Kraft hinter ihren gemeinsamen Plänen. Sofie begann, ihre Ängste abzulegen, und stellte sich der Herausforderung, die Anton darstellte. Sie wusste, dass sie nicht nur für sich selbst, sondern auch für Lucian kämpfen musste. Ihre Solidarität war das Band, das sie zusammenschweißte, und sie war bereit, alles zu riskieren, um die Kontrolle über ihr eigenes Leben zurückzugewinnen.

„Wir müssen einen Plan schmieden", sagte Sofie schließlich, ihre Stimme klang jetzt selbstbewusster. „Wir müssen herausfinden, wie wir Anton besiegen können." Lucian nickte zustimmend, und ein Gefühl der Aufregung durchströmte sie beide. Sie waren entschlossen, die Dunkelheit zu vertreiben, die über ihrem Leben schwebte, und die Farben ihrer Träume zum Leuchten zu bringen.

In diesem Moment, umgeben von den flackernden Lichtern und dem sanften Geräusch des Cafés, spürten sie, dass sie zusammen stärker waren. Ihre Liebe war nicht nur ein Gefühl; sie war eine Waffe, ein Schild gegen die Bedrohungen, die auf sie lauerten. Sofie und Lucian standen am Anfang eines neuen Kapitels, bereit, sich den Herausforderungen zu stellen, die vor ihnen lagen. Und während sie sich in die Augen sahen, wussten sie, dass sie gemeinsam alles erreichen konnten.

14.2 Ein emotionales Bekenntnis in der Dunkelheit

In der schummrigen Ecke eines Cafés, umgeben von flackernden Neonlichtern, saßen zwei Gestalten, die in eine Welt voller Geheimnisse und unausgesprochener Worte eingetaucht waren. Sofie spürte das vertraute Kribbeln in ihrem Bauch, als sich ihre Blicke mit Lucians trafen. Sein Blick war ein faszinierendes Zusammenspiel aus Neugier und Verständnis, und für einen flüchtigen Moment schien die Außenwelt zu verschwinden. Die ständige Bedrohung durch Anton und die Schatten ihrer Vergangenheit traten in den Hintergrund, während sie in diesem intimen Raum der Verletzlichkeit verweilten.

„Ich habe so viele Ängste", begann Sofie, ihre Stimme kaum mehr als ein Flüstern. „Ich habe Angst, dass ich nie aus diesem Leben entkommen kann. Dass ich immer in diesen Straßen gefangen sein werde." Ihre Worte klangen wie ein leiser Schrei, der in der Dunkelheit verhallte. Lucian beugte sich vor, seine Augen funkelten im schwachen Licht, und er nickte verständnisvoll.

„Es ist okay, Angst zu haben", antwortete er sanft. „Aber du musst wissen, dass du nicht allein bist. Ich sehe dich, Sofie. Du bist mehr als nur das, was die Leute denken." Seine Stimme war fest, und Sofie spürte, wie sich eine Welle der Erleichterung in ihr ausbreitete. In diesem Moment fühlte sie sich gesehen, wirklich gesehen, und das war ein Gefühl, das sie lange nicht mehr gehabt hatte.

„Ich weiß nicht, ob ich stark genug bin", gestand sie, während Tränen in ihren Augen aufstiegen. „Ich habe so oft versagt, und ich habe Angst, dass ich wieder versagen werde." Lucian streckte seine Hand aus und legte sie sanft auf ihre. Die Berührung war elektrisierend und beruhigend zugleich. „Du bist stärker, als du denkst. Jeder Kampf, den du geführt hast, hat dich geformt. Du bist nicht definiert durch deine Vergangenheit, sondern durch die Entscheidungen, die du jetzt triffst."

Sofies Herz schlug schneller, als sie seine Worte verarbeitete. Die Vorstellung, dass sie die Kontrolle über ihr Schicksal hatte, war sowohl beängstigend als auch befreiend. „Was ist, wenn ich nicht weiß, wie ich anfangen soll? Was, wenn ich nicht weiß, wohin ich gehen soll?" Sie fühlte sich verloren, als wäre sie in einem Labyrinth gefangen, ohne einen Ausweg zu finden.

„Jeder Schritt zählt", sagte Lucian mit fester Überzeugung. „Du musst dir Zeit geben, um herauszufinden, was du wirklich willst. Lass die Kunst dein Wegweiser sein. Sie kann dir helfen, deine innere Stimme zu finden." Seine Worte waren wie ein Lichtstrahl, der durch die Dunkelheit brach. Sofie wusste, dass sie etwas in sich trug, das darauf wartete, entfesselt zu werden, aber der Weg dorthin war voller Unsicherheiten.

„Ich habe Angst, dass ich nicht gut genug bin", murmelte sie, ihre Stimme zitterte. „Was, wenn die Menschen mich nicht akzeptieren? Was, wenn ich scheitere?" Lucian lächelte sanft, und in seinen Augen lag eine unerschütterliche Zuversicht. „Scheitern ist Teil des Prozesses. Es ist nichts, wofür du dich schämen musst. Jeder Künstler hat Misserfolge erlebt. Es ist der Mut, wieder aufzustehen, der zählt."

Die Worte drangen tief in Sofies Seele ein. Sie spürte, wie sich eine neue Entschlossenheit in ihr regte. Vielleicht war es an der Zeit, ihre Ängste anzunehmen und sie in etwas Positives zu verwandeln. „Ich möchte es versuchen", sagte sie schließlich, ihre Stimme war nun fester. „Ich möchte lernen, meine Gefühle auszudrücken, ohne Angst vor dem Urteil anderer."

Lucian nickte, und sein Lächeln wurde breiter. „Das ist der erste Schritt zur Selbstakzeptanz. Du bist nicht allein auf diesem Weg, Sofie. Ich werde hier sein, um dich zu unterstützen." Die Intensität dieses Moments ließ Sofie erkennen, wie wichtig diese Verbindung für sie war. Es war nicht nur eine Beziehung zwischen einem Künstler und seiner Muse; es war eine Partnerschaft, die auf Verständnis und Unterstützung basierte.

„Danke, Lucian", flüsterte sie, während sie seine Hand drückte. „Ich weiß nicht, was die Zukunft bringt, aber ich fühle mich bereit, es herauszufinden." In diesem Augenblick, umgeben von den Neonlichtern und den Schatten der Stadt, erkannte Sofie, dass sie den ersten Schritt in Richtung Freiheit gemacht hatte. Es war ein kleiner Schritt, aber für sie bedeutete er alles.

14.3 Der Beginn eines neuen Kapitels

In der Dämmerung schimmerten die Neonlichter von Eldorheim, während Sofie und Lucian Hand in Hand durch die Straßen schlenderten. Ihre Herzen pochten im Einklang, und für einen flüchtigen Moment schien die Welt um sie herum zu verschwinden. Die Dunkelheit der Stadt trat zurück und gewährte ihnen den Raum, den sie so dringend benötigten. Sofie fühlte sich lebendig, als hätte sie endlich die Ketten ihrer Vergangenheit abgeworfen. Lucians Blick strahlte Wärme und Verständnis aus, und sie wusste, dass sie nicht mehr allein war.

„Was, wenn wir einfach gehen?", flüsterte Sofie, ihre Stimme kaum mehr als ein Hauch. „Was, wenn wir alles hinter uns lassen?" Die Vorstellung, Eldorheim zu verlassen, hatte sie oft durch den Kopf gehen lassen, doch jetzt, mit Lucian an ihrer Seite, fühlte es sich greifbar an. Er wandte sich ihr zu, seine Augen funkelten im Schein der Lichter. „Wir können das, Sofie. Du bist stärker, als du denkst. Lass uns gemeinsam kämpfen."

In diesem Moment wurde Sofie klar, dass ihre Liebe nicht nur eine Flucht war, sondern eine Quelle der Kraft. Sie hatten beide gegen die Schatten ihrer Vergangenheit gekämpft, und nun standen sie an der Schwelle zu etwas Neuem. Die Themen von Selbstverwirklichung und Freiheit waren nicht mehr bloße Konzepte; sie lebten in ihren Herzen. Sofie dachte an all die Kämpfe, die sie hinter sich gelassen hatte, und an die Herausforderungen, die noch vor ihnen lagen. Doch mit Lucian fühlte sie sich bereit, sich diesen Herausforderungen zu stellen.

„Ich habe Angst", gestand sie leise, als sie in seine Augen sah. „Angst, dass wir scheitern könnten." Lucian lächelte sanft und drückte ihre Hand fester. „Angst ist normal, Sofie. Aber lass nicht zu, dass sie dich zurückhält. Wir sind nicht allein. Wir haben uns." Seine Worte waren wie ein Anker in der stürmischen See ihrer Emotionen. Sofie spürte, wie sich eine Welle der Zuversicht in ihr regte. Ja, sie hatten sich, und das war genug, um den ersten Schritt in eine ungewisse Zukunft zu wagen.

Als sie weitergingen, erblickte Sofie die vertrauten Gassen, die sie einst gefangen gehalten hatten. Doch jetzt sah sie sie mit anderen Augen. Die Schatten, die sie früher ängstigten, schienen weniger bedrohlich, und die Neonlichter strahlten heller als je zuvor. Sie war bereit, sich ihrer Vergangenheit zu stellen, sie zu akzeptieren und sie hinter sich zu lassen. Lucian war an ihrer Seite, und das gab ihr den Mut, den sie brauchte.

„Was, wenn Anton uns findet?", fragte sie, der Gedanke an den skrupellosen Zuhälter ließ ihre Brust schwer werden. Lucian hielt inne und sah sie ernst an. „Dann müssen wir bereit sein, zu kämpfen. Für unsere Freiheit, für unsere Träume. Ich werde nicht zulassen, dass er uns auseinanderreißt." Sofies Herz schlug schneller. In Lucians Worten lag eine Entschlossenheit, die sie inspirierte. Sie wusste, dass die Reise nicht einfach sein würde, aber sie war bereit, alles zu riskieren.

Die Nacht um sie herum war lebendig, und das pulsierende Leben der Stadt schien sie zu umarmen. Sofie spürte, wie sich ihre Ängste langsam in Hoffnung verwandelten. Ihre Liebe zu Lucian war ein Licht in der Dunkelheit, ein Kompass, der sie auf dem Weg zur Selbstverwirklichung leitete. Sie hatten die Macht, ihre Geschichte neu zu schreiben, und das Gefühl, dass ein neues Kapitel in ihrem Leben begann, erfüllte sie mit einer unbeschreiblichen Energie.

„Lass uns träumen", sagte Lucian, als sie an einem kleinen Café vorbeikamen, dessen Fenster in bunten Farben leuchteten. „Träumen von einer Zukunft, die wir selbst gestalten." Sofie nickte, und ein Lächeln breitete sich auf ihrem Gesicht aus. Sie wusste, dass die Herausforderungen, die vor ihnen lagen, groß sein würden, aber sie war bereit, sich ihnen zu stellen. Zusammen würden sie die Dunkelheit besiegen und das Licht finden, das sie suchten.

Mit jedem Schritt, den sie machten, wuchs ihr Vertrauen in die Zukunft. Sofie fühlte sich befreit, als ob sie endlich die Kontrolle über ihr eigenes Leben zurückgewonnen hatte. Die Fragen, die sie früher quälten, schienen nun weniger wichtig. Was zählte, war der Moment, der hier und jetzt stattfand. Und mit Lucian an ihrer Seite war sie bereit, alles zu riskieren, um ihre Träume zu verwirklichen.

So gingen sie weiter, Hand in Hand, in eine ungewisse Zukunft, die voller Möglichkeiten steckte. Die Leser werden mit der Frage konfrontiert, welche Herausforderungen sie noch überwinden müssen, aber in diesem Moment war Sofie bereit, alles zu tun, um ihre Freiheit zu erlangen. Ein neues Kapitel hatte begonnen, und es war voller Hoffnung und Liebe.

15.1 Der Showdown zwischen Lucian und Anton

In der tiefschwarzen Nacht, durchzogen von geheimnisvollen Schatten, beobachtete Sofie in der schummrigen Bar die beiden Männer, die sich gegenüberstanden. Lucian, mit seinem durchdringenden Blick und der künstlerischen Aura, die ihn umgab, erschien wie ein Lichtstrahl, der die Dunkelheit durchbrach. Anton hingegen strahlte eine bedrohliche Präsenz aus, seine Augen kalt und berechnend, während er Lucian mit einem selbstgefälligen Grinsen musterte. Die Luft war geladen mit einer Spannung, die beinahe greifbar war, als ob die Neonlichter der Stadt selbst den Atem anhielten.

Sofie fühlte, wie ihr Herz schneller schlug. Sie war zwischen diesen beiden Männern gefangen, die so unterschiedlich waren und doch in ihrer Besessenheit nach Kontrolle und Macht miteinander verbunden schienen. Lucian war nicht nur ein Künstler; er war ein Symbol für alles, was sie sich wünschte – Freiheit, Kreativität und Hoffnung. Anton hingegen verkörperte die Dunkelheit, die sie zu überwinden versuchte, ein skrupelloser Zuhälter, der bereit war, alles zu tun, um seine Macht zu behaupten.

„Du denkst, du kannst hier einfach reinplatzen und mir das nehmen, was mir gehört?" Anton sprach mit einer Stimme, die wie ein scharfer Dolch durch die Stille schnitt. Seine Worte waren eine Drohung, die in der Luft hing wie der Rauch von Zigaretten, der sich um die Köpfe der Anwesenden wickelte. Sofie spürte, wie sich ihre Magengegend zusammenzog. Sie wusste, dass Anton nicht nur Lucians Karriere bedrohte, sondern auch ihre eigene Freiheit.

Lucian trat einen Schritt vor, sein Gesicht entschlossen, aber in seinen Augen lag ein Funken Angst. „Ich nehme nichts, was dir gehört, Anton. Ich bin hier, um zu kämpfen – für die Menschen, die du unterdrückst." Seine Stimme war fest, aber Sofie konnte die subtile Erschütterung darin hören. Sie wollte ihm zur Seite stehen, ihn unterstützen, aber die Furcht vor Antons Reaktion hielt sie zurück. Was konnte sie schon tun? Sie war nur ein Schatten in dieser Auseinandersetzung, ein unbedeutender Teil eines Spiels, das viel größer war als sie selbst.

„Kämpfen? Du bist nichts ohne deine kleinen Träume, Lucian. Du bist ein Niemand, der versucht, sich in einer Welt zu behaupten, die dich nicht will." Antons Lachen hallte durch den Raum, ein kaltes, herzloses Geräusch, das Sofie wie ein Schlag ins Gesicht traf. In diesem Moment fühlte sie sich hilflos, als ob die Wände der Bar sie erdrücken würden. Die Unsicherheit über ihre eigene Rolle in diesem Konflikt wuchs, während sie darüber nachdachte, wie sie helfen könnte.

„Ich werde nicht zulassen, dass du sie weiterhin kontrollierst", sagte Lucian, seine Stimme jetzt lauter, voller Leidenschaft. „Es ist Zeit, dass die Menschen aufstehen und sich gegen dich wehren. Deine Zeit ist vorbei." Sofie spürte, wie ein Funke Hoffnung in ihr aufblitzte. Vielleicht war Lucian nicht allein. Vielleicht gab es einen Weg, die Kontrolle zurückzugewinnen. Doch die Realität der Situation drängte sich in ihr Bewusstsein: Anton war gefährlich, und seine Wut war unberechenbar.

Die beiden Männer standen sich gegenüber, und die Spannung zwischen ihnen war wie ein unsichtbares Seil, das immer straffer gezogen wurde. Sofie konnte die Wut und den Stolz in Lucians Haltung sehen, aber auch die Verletzlichkeit, die ihn begleitete. Anton hingegen war wie ein Raubtier, das darauf wartete, zuzuschlagen, seine Augen funkelten vor Vorfreude auf den Kampf, der bevorstand.

„Was wirst du tun, wenn ich dir alles nehme, was du liebst? Wenn ich Sofie wieder in die Dunkelheit ziehe?" Anton wandte sich plötzlich an sie, und Sofies Herz setzte einen Schlag aus. In diesem Moment fühlte sie sich wie ein Spielball, hin- und hergerissen zwischen den beiden Männern, die ihre eigenen Kämpfe führten. Die Frage war nicht nur rhetorisch; sie war eine direkte Bedrohung, die sie dazu zwang, sich ihrer eigenen Ängste zu stellen.

„Ich lasse mich nicht mehr kontrollieren", flüsterte Sofie, als sie den Mut fand, ihre Stimme zu erheben. Ihre Worte waren leise, aber sie trugen die Schwere ihrer Entschlossenheit. In diesem Moment erkannte sie, dass sie nicht länger nur eine Zuschauerin in ihrem eigenen Leben sein konnte. Sie musste für sich selbst eintreten, für ihre Träume und für die Freiheit, die sie so verzweifelt suchte.

Die Konfrontation zwischen Lucian und Anton erreichte ihren Höhepunkt, und Sofie wusste, dass sie in diesem Kampf eine Rolle spielen musste. Sie war nicht mehr bereit, sich in die Ecke drängen zu lassen. Die Themen von Macht und Kontrolle, die in dieser Auseinandersetzung sichtbar wurden, spiegelten nicht nur den Konflikt zwischen den beiden Männern wider, sondern auch ihren eigenen inneren Kampf. Sofie lernte, dass sie die Kontrolle über ihr eigenes Leben hatte, und diese Erkenntnis war der erste Schritt auf ihrem Weg zur Selbstverwirklichung.

1.2 Sofies Rolle im Kampf um ihre Freiheit

Neonlichter tanzten über Sofies Gesicht, während sie durch die schattigen Gassen Eldorheims irrte. Diese pulsierende Stadt war ein ständiger Konflikt zwischen dem Überleben und dem Streben nach Freiheit. In diesem Augenblick, als die kühle Nachtluft ihren Atem erfrischte, erwachte eine Entschlossenheit in ihr. Sofie wusste, dass sie nicht länger passiv bleiben konnte; die Zeit war gekommen, für ihre Träume zu kämpfen.

In den letzten Wochen hatte sie viel über sich selbst nachgedacht. Ihre Begegnung mit Lucian hatte einen Funken der Hoffnung in ihr entfacht, der sie antrieb, über die Grenzen ihres bisherigen Lebens hinauszudenken. Doch je mehr sie über ihre Träume nachdachte, desto mehr wurde ihr bewusst, dass die Realität sie gnadenlos zurückzog. Anton, der skrupellose Zuhälter, war immer noch eine omnipräsente Bedrohung in ihrem Leben. Sein Einfluss schien unüberwindbar, und die Angst vor ihm nagte an ihrem Selbstvertrauen.

„Was ist Freiheit für mich?" fragte sie sich oft in ihren inneren Monologen. Diese Frage war wie ein Schatten, der sie verfolgte, während sie durch die Straßen schlich. Die Erinnerungen an ihre verlorenen Träume schmerzten, und sie fühlte sich gefangen in einem Leben, das nicht das ihre war. Aber Lucians Worte hallten in ihrem Kopf wider: „Du bist mehr als das, was sie dir sagen." Diese Botschaft gab ihr Kraft, und sie begann, den ersten Schritt in Richtung Veränderung zu wagen.

Doch der Weg zur Freiheit war steinig. Sofie fühlte sich hin- und hergerissen zwischen der Sehnsucht nach einem besseren Leben und der Angst, alles zu verlieren, was sie kannte. In den stillen Momenten, wenn sie allein war, überkam sie die Verzweiflung. Konnte sie wirklich aus diesem Leben entkommen? Konnte sie sich von Anton befreien und ihre Träume verwirklichen? Diese Fragen quälten sie, während sie versuchte, einen Plan zu schmieden.

„Ich muss handeln", murmelte sie leise zu sich selbst, während sie an einer Wand lehnte, die mit Graffiti bedeckt war. Die Farben waren lebendig, doch sie schienen auch die Dunkelheit ihrer Umgebung zu reflektieren. Sofie wusste, dass sie kreativ werden musste, um Anton zu entkommen. Sie wollte ihre Talente nutzen, um eine neue Identität zu schaffen, eine, die nicht von der Angst vor ihm geprägt war.

In diesen Gedanken fand sie eine Mischung aus Hoffnung und Verzweiflung. Der Gedanke, dass der Weg zur Freiheit voller Herausforderungen sein würde, machte ihr Angst. Aber gleichzeitig spürte sie auch eine Entschlossenheit, die sie nie zuvor gekannt hatte. Es war an der Zeit, sich gegen Anton zu behaupten, und sie wusste, dass sie dies nicht alleine tun konnte. Lucian war ihr Licht in der Dunkelheit, und seine Unterstützung war für sie von unschätzbarem Wert.

Die Erinnerung an seinen Blick, als er sie zum ersten Mal ansah, durchfuhr sie wie ein elektrischer Schlag. Er sah nicht nur eine Prostituierte; er sah die Künstlerin in ihr, die darauf wartete, befreit zu werden. Sofie fühlte sich inspiriert, und diese Inspiration wurde zu einem Katalysator für ihre Entwicklung. Sie musste ihre Ängste überwinden und den Mut finden, für sich selbst einzustehen.

„Ich werde nicht länger Opfer sein", flüsterte sie entschlossen. Diese Worte waren ein Schwur, eine Verpflichtung, die sie sich selbst gab. Sie wusste, dass der Kampf um ihre Freiheit nicht einfach sein würde, aber sie war bereit, alles zu riskieren. Der Gedanke daran, dass sie ihre Träume verwirklichen könnte, gab ihr die Kraft, weiterzumachen.

Als sie schließlich die Gasse verließ und in die belebten Straßen von Eldorheim trat, fühlte sie sich wie eine Kriegerin, die bereit war, für ihre Freiheit zu kämpfen. Sofie wusste, dass sie nicht allein war. Mit Lucian an ihrer Seite und der Unterstützung von Elara, ihrer neuen Freundin, fühlte sie sich stärker als je zuvor. Gemeinsam würden sie die Dunkelheit besiegen und die Farben des Lebens zurückgewinnen.

Der Weg war ungewiss, aber die Entschlossenheit in Sofies Herzen brannte hell. Sie war bereit, die Herausforderungen anzunehmen, die vor ihr lagen, und für ihre Träume zu kämpfen. In diesem Moment erkannte sie, dass wahre Freiheit nicht nur ein Ziel war, sondern auch ein Prozess – ein Prozess, den sie nun mit voller Kraft angehen würde.

15.3 Die Konsequenzen von Gewalt und Macht

In Eldorheim pulsierte das Licht der Neonreklamen in einem chaotischen Takt, während Sofie und Lucian in der Dunkelheit standen, umgeben von den Schatten ihrer Entscheidungen. Der letzte Kampf gegen Anton hatte nicht nur ihre Körper, sondern auch ihre Seelen erschüttert. Sofie spürte das Gewicht der Gewalt, die sie erlebt hatte, und die Macht, die Anton über ihr Leben ausgeübt hatte. Doch an Lucians Seite begann sie zu begreifen, dass diese Erfahrungen sie nicht definieren mussten.

„Wir haben es überstanden", flüsterte Lucian, seine Stimme zitterte leicht, als er Sofies Hand ergriff. In seinen Augen lag eine Mischung aus Erleichterung und Trauer. „Aber die Narben werden bleiben." Sofie nickte, ihre Gedanken wirbelten wie die Lichter um sie herum. Sie wusste, dass die Konsequenzen von Antons Machenschaften weitreichend waren. Nicht nur für sie, sondern auch für Lucian, der nun in den Fängen eines gefährlichen Spiels gefangen war, das er nie gewollt hatte.

„Ich kann nicht zulassen, dass er uns weiterhin verfolgt", sagte Sofie, ihre Stimme fest und entschlossen. „Ich werde nicht mehr in Angst leben." Diese Erkenntnis durchdrang sie wie ein Sonnenstrahl, der die Dunkelheit durchbrach. Sie hatte lange genug in der Ohnmacht gelebt, und jetzt, da sie die Kontrolle über ihr eigenes Leben zurückgewinnen wollte, fühlte sie sich lebendiger als je zuvor.

Lucian sah sie an, und in diesem Blick lag eine tiefe Verbindung, die über Worte hinausging. „Du bist stärker, als du denkst", sagte er. „Deine Vergangenheit ist ein Teil von dir, aber sie ist nicht alles, was du bist." Sofies Herz schlug schneller. In Lucians Worten fand sie nicht nur Trost, sondern auch den Mut, sich ihrer Identität zu stellen. Sie war nicht nur die Prostituierte aus Eldorheim; sie war eine Frau mit Träumen, Talenten und einer unbändigen Sehnsucht nach Freiheit.

„Ich werde meine Kunst nutzen, um zu zeigen, wer ich wirklich bin", erklärte Sofie mit neuem Elan. „Ich werde die Welt wissen lassen, dass ich mehr bin als das, was Anton mir aufgezwungen hat." Die Farben der Freiheit schimmerten in ihrem Geist, und sie stellte sich vor, wie sie mit jedem Pinselstrich ihre Geschichte erzählen würde. Eine Geschichte von Überleben, von Schmerz, aber auch von Hoffnung und Selbstverwirklichung.

Doch während die beiden in dieser neuen Perspektive schwelgten, schien die Bedrohung durch Anton immer noch greifbar. Sofie wusste, dass sie sich nicht nur emotional von ihm befreien konnte; sie musste auch einen praktischen Plan entwickeln, um sich und Lucian zu schützen. „Wir müssen handeln", sagte sie entschlossen. „Wir können nicht einfach abwarten, bis er wieder zuschlägt."

Lucian nickte, seine Augen funkelten vor Entschlossenheit. „Was hast du im Sinn?" Sofie atmete tief ein und begann, ihre Gedanken zu formulieren. „Wir könnten die Kunstszene nutzen, um Verbündete zu finden. Menschen, die uns unterstützen und helfen können, Anton zur Strecke zu bringen." In ihrem Inneren brannte das Feuer der Entschlossenheit. Es war Zeit, die Rollen zu wechseln – von Opfern zu Kämpfern.

„Wir sind nicht allein", fügte Lucian hinzu. „Es gibt viele, die unter Antons Einfluss leiden. Wenn wir zusammenarbeiten, können wir etwas bewirken." Sofie spürte, wie sich eine Welle der Hoffnung in ihr aufbaute. Gemeinsam würden sie nicht nur ihre eigene Freiheit erkämpfen, sondern auch anderen helfen, die unter dem Joch der Gewalt litten.

Als sie sich umdrehten, um in die pulsierenden Straßen Eldorheims zurückzukehren, fühlte Sofie eine neue Kraft in sich. Die Neonlichter schienen heller zu leuchten, und die Schatten, die einst so bedrohlich waren, schienen jetzt nur noch eine Kulisse für ihre Geschichte zu sein. „Wir werden es schaffen", flüsterte sie, und Lucian lächelte. „Ja, das werden wir."

In diesem Moment wusste Sofie, dass sie die Kontrolle über ihr Leben zurückgewonnen hatte. Die Konsequenzen von Gewalt und Macht hatten sie geprägt, aber sie würden sie nicht länger beherrschen. Mit Lucian an ihrer Seite war sie bereit, den nächsten Schritt in eine Zukunft zu wagen, die sie selbst gestalten würde. Die Reise war noch lange nicht zu Ende, aber sie war bereit, den Kampf aufzunehmen und für ihre Träume zu kämpfen.

16.1 Sofies Entscheidung, Eldorheim hinter sich zu lassen

Die Neonlichter von Eldorheim pulsieren über den schmutzigen Straßen, während Sofie in der Dunkelheit verweilt und ihren Blick auf die lebendige Stadt richtet. Umgeben von den vertrauten Klängen des Nachtlebens spürt sie das Gewicht ihrer Entscheidung, das wie ein schwerer Mantel auf ihren Schultern lastet. Sie ist sich bewusst, dass sie nicht länger in Angst leben kann. Die Schatten ihrer Vergangenheit haben sie lange genug gefangen gehalten, und der Drang, für ihre Träume zu kämpfen, wird unaufhaltsam stärker.

„Was bedeutet Freiheit für mich?" Diese Frage durchzuckt ihren Geist, während sie an die schrecklichen Erinnerungen denkt, die sie in diese dunklen Gassen geführt haben. Die ständige Angst vor Anton, dem skrupellosen Zuhälter, der über ihr Leben herrscht, ist tief in ihrem Herzen verankert. Doch jetzt, beeinflusst von Lucian, beginnt sie zu begreifen, dass Freiheit mehr ist als nur ein physischer Zustand. Es ist eine innere Reise, die sie antreten muss, um sich selbst zu finden.

Der Gedanke an Lucian lässt ihr Herz schneller schlagen. Er ist nicht nur ein Künstler; er ist ein Lichtstrahl in ihrer tristen Realität. Ihre Begegnungen mit ihm haben einen Funken der Hoffnung entfacht, der sie ermutigt, ihre kreativen Talente zu erkunden und ihre Identität neu zu definieren. Doch die ständige Bedrohung durch Anton schwebt wie ein Schatten über ihr und hindert sie daran, den ersten Schritt in Richtung Freiheit zu wagen.

„Ich kann nicht bleiben", murmelt sie leise zu sich selbst, während sie die kalte Nachtluft einatmet. „Ich muss gehen." Aber die Unsicherheit nagt an ihr. Ist sie bereit, die Konsequenzen ihrer Handlungen zu tragen? Was würde es bedeuten, Eldorheim hinter sich zu lassen? Sofie weiß, dass der Weg vor ihr steinig sein wird, doch die Vorstellung, in einer Welt ohne Angst zu leben, ist verlockend.

Die Straßen von Eldorheim sind sowohl vertraut als auch feindlich. Hier hat sie gelebt, geliebt und gelitten. Jeder Schritt erinnert sie an die Entscheidungen, die sie getroffen hat, und die Träume, die sie aufgegeben hat. Sofie fühlt sich wie eine Gefangene ihrer eigenen Vergangenheit, und der Gedanke, alles hinter sich zu lassen, ist gleichzeitig beängstigend und befreiend.

In ihrem Inneren tobt ein Sturm aus Emotionen. Sofie weiß, dass sie sich entscheiden muss: entweder weiterhin in der Dunkelheit zu leben oder den Mut aufzubringen, für ihre Träume zu kämpfen. „Was ist, wenn ich scheitere? Was ist, wenn ich nie wieder zurückkomme?" Diese Fragen quälen sie, während sie in die Nacht starrt. Doch dann erinnert sie sich an Lucians Worte: „Du bist mehr als das, was andere von dir sehen."

Diese Worte hallen in ihrem Kopf wider und geben ihr den Mut, den sie braucht. Sofie will nicht mehr die passive Figur in ihrem eigenen Leben sein. Sie möchte die Kontrolle übernehmen und ihre Geschichte selbst schreiben. Der Gedanke an die Freiheit, die sie sucht, ist wie ein Licht, das durch die Dunkelheit bricht. „Ich werde es tun", flüstert sie entschlossen, während sie die Entscheidung trifft, Eldorheim hinter sich zu lassen.

Doch die Realität ist nicht so einfach. Sofie weiß, dass sie sich der Wut und dem Zorn von Anton stellen muss, der nicht kampflos aufgeben wird. Die Vorstellung, sich ihm zu widersetzen, lässt ihr Herz schneller schlagen. Sie ist sich der Risiken bewusst, aber der Gedanke, weiterhin in Angst zu leben, ist unerträglich. „Ich werde nicht zulassen, dass er mein Leben kontrolliert", denkt sie, während sich ein Gefühl der Entschlossenheit in ihr regt.

In diesem entscheidenden Moment, umgeben von den Neonlichtern und den Schatten der Stadt, spürt Sofie, dass sie an einem Wendepunkt in ihrem Leben steht. Die Entscheidung, Eldorheim hinter sich zu lassen, ist nicht nur ein physischer Akt; es ist eine Erklärung ihrer Selbstbestimmung. „Ich bin bereit, für meine Träume zu kämpfen", denkt sie, während sie den ersten Schritt in eine ungewisse Zukunft macht.

Mit jedem Schritt, den sie tut, fühlt sie sich leichter, als ob die Last ihrer Vergangenheit von ihren Schultern fällt. Sofie weiß, dass der Weg vor ihr voller Herausforderungen sein wird, aber sie ist bereit, sich diesen zu stellen. „Ich werde nicht aufgeben", verspricht sie sich selbst, während sie in die Nacht hinaustritt, entschlossen, ihre Freiheit zu finden und sich von den Fesseln ihrer Vergangenheit zu befreien.

16.2 Lucians Unterstützung auf dem Weg zur Selbstverwirklichung

Als Sofie Lucians Atelier betrat, umhüllte sie der süße Duft frischer Farben und die sanften Klänge von Musik, die aus einem alten Radio strömten. Die Wände waren mit lebhaften Gemälden geschmückt, die Geschichten erzählten, die sie nie selbst hatte formulieren können. In diesem Raum fühlte sie sich nicht wie eine Prostituierte, sondern wie eine Künstlerin, die an der Schwelle zu etwas Größerem stand. Lucian lächelte sie an, seine Augen funkelten vor Begeisterung. „Lass uns anfangen", sagte er, und sein Enthusiasmus war ansteckend.

In den folgenden Wochen verbrachte Sofie jede freie Minute in diesem kreativen Raum. Lucian ermutigte sie, ihre Gedanken und Gefühle auf die Leinwand zu bringen. „Kunst ist der Ausdruck deiner Seele", erklärte er oft. „Sie gibt dir die Freiheit, das zu zeigen, was du wirklich bist." Sofies Hände zitterten, als sie den Pinsel ergriff, und die Farben vermischten sich zu einem chaotischen, aber wunderschönen Bild. In diesen Momenten vergaß sie die Schatten ihrer Vergangenheit und die ständige Bedrohung durch Anton. Stattdessen entdeckte sie eine neue Leidenschaft, die in ihr schlummerte.

Doch während sie in die Welt der Kunst eintauchte, kämpfte Sofie auch mit ihren inneren Dämonen. Ihre Gedanken wanderten oft zurück zu Anton und den dunklen Gassen von Eldorheim, wo sie einst gefangen war. „Kann ich wirklich aus diesem Leben entkommen?", fragte sie sich oft in ihren inneren Monologen. Lucians Stimme, sanft und beruhigend, hallte in ihrem Kopf wider: „Du bist mehr als deine Vergangenheit, Sofie. Du hast die Macht, deine eigene Geschichte zu schreiben." Diese Worte wurden zu einem Mantra, das sie durch die schmerzhaften Erinnerungen trug.

Die Dynamik zwischen Sofie und Lucian entwickelte sich weiter. Während sie ihre kreativen Talente entdeckte, wurde Lucian zu einer Quelle der Stärke für sie. Er sah in ihr nicht nur die Frau aus dem Rotlichtmilieu, sondern eine Künstlerin mit einem einzigartigen Blick auf die Welt. „Du musst dich selbst lieben, bevor du anderen Liebe geben kannst", sagte er einmal, während sie zusammen an einem Gemälde arbeiteten. Diese Erkenntnis traf Sofie tief; sie hatte so lange in der Dunkelheit gelebt, dass sie vergessen hatte, wie es sich anfühlte, Licht zu empfangen.

In ihren inneren Monologen reflektierte Sofie über die Bedeutung von Kunst in ihrem Leben. Sie begann zu begreifen, dass die Malerei nicht nur eine Flucht war, sondern ein Weg, ihre innere Wahrheit auszudrücken. „Jede Farbe, die ich wähle, erzählt eine Geschichte", dachte sie, während sie mit Pinselstrichen kämpfte, die sowohl Zorn als auch Hoffnung verkörperten. Die Kreativität wurde zu einem Ventil für all die Emotionen, die sie so lange unterdrückt hatte. Sie malte die Schatten ihrer Vergangenheit, aber auch die Träume, die sie für die Zukunft hegte.

Doch je mehr sie sich in die Kunst vertiefte, desto mehr spürte sie die Kluft zwischen ihrer neuen Identität und der Realität, die sie hinter sich lassen wollte. Anton war immer noch eine ständige Bedrohung, und die Angst, dass er alles, was sie aufgebaut hatte, zerstören könnte, nagte an ihr. „Was passiert, wenn er herausfindet, dass ich mich verändert habe?", fragte sie sich in schlaflosen Nächten. Lucian bemerkte ihre innere Zerrissenheit und versuchte, sie zu beruhigen. „Du bist stärker, als du denkst, Sofie. Lass nicht zu, dass die Angst dich zurückhält."

Diese Worte waren wie ein Lichtstrahl in der Dunkelheit, und Sofie begann, an sich selbst zu glauben. Sie stellte sich vor, wie es wäre, frei zu sein – nicht nur von Anton, sondern auch von den Ketten ihrer eigenen Unsicherheiten. „Ich kann das schaffen", flüsterte sie leise, während sie an einem neuen Gemälde arbeitete, das die Farben des Sonnenaufgangs einfing. Es war ein Symbol für ihren Neuanfang, ein Versprechen an sich selbst, dass sie bereit war, für ihre Träume zu kämpfen.

Lucians Unterstützung war nicht nur eine Quelle der Inspiration, sondern auch ein Spiegel, der ihr zeigte, was möglich war. In seinen Augen sah sie die Bestätigung, dass sie auf dem richtigen Weg war. „Kunst ist Freiheit", hatte er gesagt, und jetzt verstand sie, dass es nicht nur um die Farben auf der Leinwand ging, sondern um die Farben, die sie in ihrem eigenen Leben finden musste. Mit jedem Pinselstrich fühlte sie sich mehr und mehr wie die Frau, die sie immer sein wollte – stark, kreativ und frei.

Die Reise war noch lange nicht zu Ende, aber mit Lucians Hilfe fühlte Sofie, dass sie die Kraft hatte, ihre Vergangenheit hinter sich zu lassen und in eine Zukunft voller Möglichkeiten zu treten. Und während die Neonlichter von Eldorheim in der Ferne flackerten, wusste sie, dass sie bereit war, ihre eigene Geschichte zu schreiben.

16.3 Ein Abschied voller Hoffnung und Trauer

Die Neonlichter von Eldorheim funkelten wie ferne Sterne, die über die Schatten ihrer Vergangenheit wachten. Am Rand der Stadt stand Sofie, das Herz schwer, doch erfüllt von ungebrochener Hoffnung. Der kalte Wind brachte den Duft von Freiheit mit sich, vermischt mit der bittersüßen Erinnerung an alles, was sie hinter sich ließ. Dieser Abschied war nicht nur von Trauer geprägt, sondern auch von einem tiefen Verlangen nach Veränderung.

Die Entscheidung, Eldorheim hinter sich zu lassen, war gefallen, und während sie auf die vertrauten Straßen blickte, überkam sie eine Welle von Emotionen. Jeder Stein, jede Gasse, jeder schattenhafte Winkel erzählte Geschichten von Kämpfen und Verlusten, aber auch von Momenten der Freude und des Lichts. Lucians Gesicht tauchte in ihren Gedanken auf, sein Lächeln wie ein Lichtstrahl in der Dunkelheit. Er hatte ihr gezeigt, dass es mehr gab als das, was sie kannte, dass Träume nicht nur Illusionen waren, sondern Wege zur Selbstverwirklichung.

Doch die Realität war nicht so einfach. Anton, der Schatten ihrer Vergangenheit, war immer noch da, ein ständiger Begleiter in ihren Gedanken. Die Erinnerungen an seine Drohungen und die Kontrolle, die er über ihr Leben hatte, schmerzten wie frische Wunden. Sofie wusste, dass die Freiheit, die sie suchte, nicht ohne Opfer kommen würde. Sie fühlte sich wie ein Schmetterling, der aus seinem Kokon schlüpfen wollte, aber die Angst vor dem Unbekannten hielt sie zurück.

„Es wird nicht leicht sein", flüsterte sie zu sich selbst, während sie einen letzten Blick auf die Stadt warf, die sie geprägt hatte. „Aber ich kann nicht mehr bleiben." Ihre Stimme war fest, trotz der Unsicherheit, die in ihr brodelte. Es war der Preis der Freiheit, den sie bereit war zu zahlen. Die Erkenntnis, dass wahre Selbstverwirklichung oft mit Schmerz und Verlust verbunden ist, war eine Lektion, die sie gelernt hatte. Aber die Hoffnung, die in ihrem Herzen brannte, war stärker als die Angst.

In diesem Moment der Klarheit spürte sie die Stärke, die in ihr wuchs. Sofie wusste, dass sie nicht allein war. Lucian war bei ihr, auch wenn er physisch nicht an ihrer Seite stand. Seine Unterstützung und sein Glaube an sie hatten ihr den Mut gegeben, diesen Schritt zu wagen. Sie erinnerte sich an seine Worte: „Du bist mehr als das, was andere von dir sehen. Du bist ein Kunstwerk, das darauf wartet, entdeckt zu werden."

Mit einem tiefen Atemzug wandte sie sich ab von den Neonlichtern, die sie so lange geblendet hatten. Sie ließ die Erinnerungen an die dunklen Gassen hinter sich, die sie gefangen gehalten hatten, und machte sich auf den Weg in die ungewisse Zukunft. Die Straße vor ihr war ungewiss, aber sie war bereit, die Herausforderung anzunehmen. Jeder Schritt war ein Schritt in Richtung Freiheit, ein Schritt hin zu der Frau, die sie sein wollte.

Die Dunkelheit, die sie einst umhüllt hatte, begann sich zu lichten. Sofie spürte, wie sich die Ketten, die sie gebunden hatten, langsam lösten. Es war ein Prozess, der Zeit benötigte, aber sie war entschlossen, sich nicht von ihrer Vergangenheit definieren zu lassen. Die Farben des Lebens, die sie in Lucians Atelier gesehen hatte, begannen, in ihrem Geist zu leuchten. Es war Zeit, ihre eigene Geschichte zu malen, mit all den Farben, die sie in sich trug.

Als sie schließlich die Stadtgrenze erreichte, drehte sie sich noch einmal um. Eldorheim war nicht nur ein Ort; es war ein Teil von ihr, der sie geformt hatte. Doch sie wusste, dass es an der Zeit war, weiterzuziehen. Mit einem letzten Blick, der sowohl Trauer als auch Hoffnung enthielt, trat sie in die neue Welt ein, die vor ihr lag. Der Weg würde steinig sein, aber die Möglichkeit, endlich frei zu sein, war es wert.

„Ich werde zurückkommen", murmelte sie, als die ersten Sonnenstrahlen den Horizont erhellten. „Aber nicht als die, die ich einmal war." Und mit diesem Gedanken machte sie sich auf den Weg, bereit, die Herausforderungen anzunehmen, die das Leben für sie bereithielt. Die Reise hatte gerade erst begonnen.

17.1 Sofies Rückkehr zur Kunst und zur Malerei

Die ersten Strahlen der Morgensonne schlichen sich durch die Fenster des kleinen Ateliers, wo Sofie oft verweilte. Die Wände waren übersät mit Farbtuben und Pinselstrichen, die von der Leidenschaft der Künstler zeugten, die hier arbeiteten. Auf einem alten Hocker sitzend, waren ihre Hände mit Farbe beschmiert, während ihr Blick auf die Leinwand vor ihr gerichtet war. Diese Leinwand war nicht bloß ein Stück Stoff; sie war ein Spiegel ihrer inneren Kämpfe, ihrer Sehnsüchte und ihrer Träume.

Die Welt der Kunst hatte sich für Sofie wie ein unbekanntes Land geöffnet, voller Möglichkeiten und Farben, die sie zuvor nie gekannt hatte. Hier konnte sie ihre Gedanken und Gefühle in Formen und Farben umsetzen, die Worte oft nicht erfassen konnten. Es war eine Flucht aus der rauen Realität der Straßen von Eldorheim, wo Neonlichter und Schatten um die Vorherrschaft kämpften. In diesem Atelier fühlte sie sich lebendig, als ob sie endlich die Ketten ihrer Vergangenheit abstreifen könnte.

„Kunst ist mehr als nur das, was du siehst", hatte Lucian einmal gesagt, als sie gemeinsam an einem Bild gearbeitet hatten. „Es ist das, was du fühlst, das, was du erlebst. Lass deine Emotionen fließen." Diese Worte hallten in ihrem Kopf wider, während sie versuchte, den Pinsel zu führen. Doch es war nicht einfach. Ihre Unsicherheiten schlichen sich wieder ein, und die Zweifel an ihrem Talent nagten an ihr. Was, wenn ich nicht gut genug bin? Was, wenn niemand meine Kunst versteht?

Doch während sie malte, bemerkte sie, dass die Farben auf der Leinwand lebendig wurden. Ein tiefes Rot, das die Wut und den Schmerz ihrer Vergangenheit symbolisierte, mischte sich mit einem sanften Blau, das ihre Sehnsucht nach Frieden und Freiheit darstellte. Diese Kontraste spiegelten nicht nur ihre inneren Konflikte wider, sondern auch die Dualität ihres Lebens – zwischen der Dunkelheit, die sie kannte, und dem Licht, das sie suchte.

Die Begegnungen mit anderen Künstlern im Atelier waren für Sofie von unschätzbarem Wert. Jeder von ihnen brachte seine eigene Geschichte mit, seine eigenen Kämpfe und Triumphe. Es war befreiend zu hören, dass sie nicht allein war. Bei einem gemeinsamen Abendessen, umgeben von Lachen und kreativen Diskussionen, spürte Sofie zum ersten Mal, dass sie Teil einer Gemeinschaft war. Eine Gemeinschaft, die sie akzeptierte, unabhängig von ihrer Vergangenheit. „Wir alle haben unsere Dämonen", hatte Elara, eine talentierte Malerin, gesagt. „Aber wir können sie in etwas Schönes verwandeln."

Diese Worte waren wie ein Lichtstrahl in der Dunkelheit. Sofie begann zu begreifen, dass Kunst nicht nur eine Flucht war, sondern auch ein Werkzeug zur Selbstverwirklichung. Sie konnte ihre Erfahrungen in ihren Werken verarbeiten und damit anderen helfen, die ähnliche Kämpfe durchlebten. Die Vorstellung, dass ihre Kunst Menschen berühren könnte, gab ihr neuen Mut. Sie wollte ihre Stimme finden, nicht nur für sich selbst, sondern auch für die, die nicht gehört wurden.

Doch während sie sich in dieser neuen Welt verlor, schwebte die Bedrohung durch Anton weiterhin über ihr. Seine Präsenz war wie ein Schatten, der sich nicht vertreiben ließ. Sofie wusste, dass sie sich irgendwann mit ihm auseinandersetzen musste. Diese ständige Angst nagte an ihr, während sie versuchte, sich auf ihre Kunst zu konzentrieren. Werde ich jemals wirklich frei sein?

Die erste Ausstellung, an der sie teilnehmen sollte, rückte näher, und mit jedem Tag wuchs ihre Nervosität. Sofie stellte sich vor, wie ihre Werke an den Wänden hängen würden, beleuchtet von den Scheinwerfern, die die Farben zum Leben erwecken würden. Doch gleichzeitig überkam sie die Angst, dass Anton auftauchen könnte, um ihre Träume zu zerstören. Die Vorstellung, dass er ihre Freiheit bedrohen könnte, war ein ständiger Begleiter, der sie daran hinderte, sich ganz auf ihre Kunst zu konzentrieren.

In der letzten Nacht vor der Ausstellung saß Sofie allein in ihrem Atelier, umgeben von ihren fertigen Arbeiten. Sie betrachtete die Bilder, die sie geschaffen hatte, und erkannte, dass sie mehr waren als nur Farben auf einer Leinwand. Sie waren Teile von ihr, Ausdruck ihrer Seele. Mit einem tiefen Atemzug beschloss sie, dass sie sich nicht von Anton unterkriegen lassen würde. Ich werde meine Stimme finden, dachte sie entschlossen. Ich werde für meine Freiheit kämpfen, und meine Kunst wird mein Schild sein.

Als die ersten Sonnenstrahlen durch das Atelierfenster fielen, wusste Sofie, dass dies der Beginn eines neuen Kapitels in ihrem Leben war. Sie war bereit, sich den Herausforderungen zu stellen, die vor ihr lagen, und ihre Stimme in der Kunst zu finden. Die Farben des Lebens würden sie begleiten, während sie den ersten Schritt in eine ungewisse, aber hoffnungsvolle Zukunft wagte.

17.2 Die Entdeckung ihrer wahren Identität

Unter den schimmernden Neonlichtern von Eldorheim, wo die Schatten der Vergangenheit über die Gegenwart drängen, beginnt Sofie, sich selbst zu erforschen. Ihre Reise ist nicht nur eine Flucht aus dem Rotlichtmilieu, sondern auch ein tiefgreifender Prozess der Selbstverwirklichung. An einem Wendepunkt stehend, muss sie erkennen, dass Freiheit mehr ist als ein bloßes Ziel; es ist ein ständiger Kampf, der sowohl Mut als auch Entschlossenheit erfordert.

In Lucians Atelier sitzend, umgeben von Farben und Formen, die das Chaos ihres Lebens widerspiegeln, spürt sie, wie ihre inneren Kämpfe allmählich in kreative Energie umschlagen. Lucian, mit seiner Gabe, Schönheit in der Dunkelheit zu entdecken, inspiriert sie dazu, ihre Träume neu zu definieren. Doch inmitten dieser aufkeimenden Hoffnung wird Sofie von der ständigen Angst vor Anton verfolgt, dem skrupellosen Zuhälter, der nicht nur ihre Freiheit, sondern auch ihr Leben bedroht.

„Was, wenn ich nie aus diesem Leben entkommen kann?", fragt sie sich immer wieder. Diese Frage schwingt in ihren Gedanken mit, während sie versucht, die Kontrolle über ihr eigenes Schicksal zu gewinnen. Sofies innere Monologe sind geprägt von einer Mischung aus Verzweiflung und Hoffnung. Sie erkennt, dass ihre Vergangenheit sie geprägt hat, aber sie ist entschlossen, sich nicht von ihr definieren zu lassen. Die Erinnerung an verlorene Träume wird zu einem Antrieb, der sie antreibt, weiterzukämpfen.

Die Begegnungen mit Lucian öffnen neue Türen für Sofie. Er sieht in ihr nicht nur die Prostituierte, sondern die Künstlerin, die in ihr schlummert. „Du hast eine Stimme, Sofie. Lass sie sprechen", sagt er oft, und jedes Mal fühlt sie, wie ein Funke in ihrem Inneren entfacht wird. Doch je mehr sie sich öffnet, desto größer wird die Angst, dass Anton ihre neu gewonnene Freiheit zerstören könnte. Diese Zerrissenheit zwischen dem Wunsch nach Selbstverwirklichung und der Angst vor dem Unbekannten wird zu einem zentralen Konflikt in ihrem Leben.

In einer Nacht, als die Neonlichter besonders hell leuchten, steht Sofie vor dem Spiegel und betrachtet ihr Spiegelbild. Die Frau, die sie sieht, ist nicht die, die sie einmal war. Sie sieht Stärke und Verletzlichkeit zugleich. „Ich bin mehr als meine Vergangenheit", flüstert sie, während sie die Tränen zurückhält. In diesem Moment wird ihr klar, dass Freiheit nicht nur ein physisches Entkommen ist, sondern auch eine innere Befreiung von den Ketten ihrer Ängste und Zweifel.

Doch die Realität holt sie schnell ein. Anton ist immer noch da, eine ständige Bedrohung, die über ihr schwebt. Seine manipulativen Spiele und seine brutale Macht zeigen ihr, wie fragil ihre Freiheit ist. „Kann ich wirklich gegen ihn kämpfen?", fragt sie sich, während die Erinnerungen an die Schrecken ihrer Vergangenheit wie Schatten über sie fallen. Diese Gedanken sind wie ein Sturm in ihrem Kopf, der sie daran hindert, klar zu denken.

Als sie sich in Lucians Atelier zurückzieht, umgeben von der Kreativität, die sie so sehr bewundert, beginnt sie, ihre Ängste in Kunst zu verwandeln. Mit jedem Pinselstrich befreit sie sich ein Stück mehr von den Fesseln ihrer Vergangenheit. Die Farben auf der Leinwand spiegeln ihre Emotionen wider: das Rot für die Leidenschaft, das Blau für die Traurigkeit und das Gelb für die Hoffnung. In diesen Momenten erkennt sie, dass Kunst ihr Weg zur Selbstverwirklichung ist, ein Mittel, um ihre innere Wahrheit auszudrücken.

Doch trotz dieser Fortschritte bleibt die Frage: Wie kann sie ihre Träume verwirklichen, wenn die Realität so gnadenlos ist? Sofies innere Kämpfe werden intensiver, als sie sich bewusst wird, dass die Kontrolle über ihr Leben nicht nur von äußeren Umständen abhängt, sondern auch von ihrer eigenen Entschlossenheit. Sie muss lernen, dass Freiheit ein Prozess ist, der Mut erfordert, und dass jeder Schritt, den sie macht, sie näher zu dem Leben bringt, das sie sich wünscht.

„Ich werde nicht aufgeben", murmelt sie entschlossen, während sie in die Zukunft blickt. In diesem Moment erkennt sie, dass die Suche nach ihrer wahren Identität und die Verwirklichung ihrer Träume nicht nur eine Herausforderung, sondern auch eine Reise ist, die sie bereit ist, anzutreten. Sofie weiß, dass sie die Kontrolle über ihr eigenes Leben hat und dass der Weg zur Freiheit voller Möglichkeiten ist, die nur darauf warten, entdeckt zu werden.

17.3 Ein neues Leben in der Freiheit

Die Neonlichter von Eldorheim flirrten über Sofies Gesicht, während sie auf die einst vertrauten, nun leeren Straßen blickte. Heute jedoch schien die Stadt verwandelt, als ob sie sich endlich von den Ketten ihrer Vergangenheit lösen wollte. Der kalte Wind brachte den Hauch von Veränderung mit sich, und in ihrem Herzen regte sich ein Gefühl, das lange Zeit verborgen geblieben war: Hoffnung.

In den letzten Wochen hatte Sofie eine Reise unternommen, die sie nicht nur durch die Straßen von Eldorheim führte, sondern auch tief in ihr eigenes Inneres. Die Kunst, die sie so lange vernachlässigt hatte, war zu einem Ausdruck ihrer Identität geworden. Jedes Bild, das sie malte, war ein Schritt näher zu dem Leben, das sie sich immer gewünscht hatte. Lucians Worte hallten wie ein Echo in ihrem Kopf wider: "Kunst ist der Schlüssel zur Freiheit." Diese Erkenntnis hatte sie dazu gebracht, ihre Ängste zu konfrontieren und sich der Dunkelheit zu stellen, die sie umgeben hatte.

Mit jedem Pinselstrich spürte sie, wie die Last ihrer Vergangenheit von ihren Schultern fiel. Die Farben, die sie wählte, waren lebendig und voller Emotionen – ein Spiegelbild ihrer inneren Kämpfe und Triumphe. Sie malte nicht nur für sich selbst, sondern auch für all die Frauen, die in den Schatten lebten, gefangen in einem System, das sie nicht wertschätzte. Ihre Kunst wurde zu einem Akt des Widerstands, ein Schrei nach Freiheit, der durch die Wände der Stadt hallte.

Doch während sie in dieser neuen Welt der Kreativität aufblühte, war die Bedrohung durch Anton nie weit entfernt. Sein Einfluss war wie ein Schatten, der über ihr schwebte, immer bereit, ihre Träume zu zerstören. Sofie wusste, dass sie sich ihm irgendwann stellen musste, aber jetzt, in diesem Moment, wollte sie sich auf das konzentrieren, was sie aufgebaut hatte. Ihre Beziehung zu Lucian war ein weiterer Lichtstrahl in ihrem Leben, ein Beweis dafür, dass Liebe und Unterstützung in den dunkelsten Zeiten gedeihen konnten.

"Wir sind mehr als unsere Vergangenheit", hatte Lucian gesagt, als sie gemeinsam in seinem Atelier saßen, umgeben von Farben und Leinwänden. "Du bist nicht nur das, was andere in dir sehen. Du bist eine Künstlerin, eine Kämpferin." Diese Worte hatten Sofie ermutigt, ihre Stimme zu finden und für sich selbst einzustehen. Sie war nicht länger bereit, die passive Rolle zu spielen, die ihr von der Gesellschaft auferlegt worden war. Stattdessen war sie entschlossen, ihre eigene Geschichte zu schreiben.

Als sie die letzten Pinselstriche auf ihre neueste Leinwand setzte, spürte sie eine Welle der Erleichterung. Es war, als ob sie ein Stück ihrer Seele auf die Leinwand gebannt hatte, ein Teil von ihr, der nun für alle sichtbar war. In diesem Moment wusste sie, dass sie bereit war, in die Zukunft zu gehen, egal wie ungewiss sie auch sein mochte. Ihre Kunst war nicht nur ein Ausdruck ihrer Identität, sondern auch ein Weg, sich von den Ketten ihrer Vergangenheit zu befreien.

Die Entscheidung, Eldorheim hinter sich zu lassen, war nicht leicht gefallen, aber sie war notwendig. Sofie hatte erkannt, dass Freiheit nicht nur ein Ziel war, sondern ein ständiger Prozess, ein Kampf, den sie bereit war zu führen. Mit Lucian an ihrer Seite fühlte sie sich stärker, als sie es je für möglich gehalten hätte. Gemeinsam würden sie die Herausforderungen meistern, die vor ihnen lagen, und die Schatten der Vergangenheit hinter sich lassen.

Als sie schließlich die Tür zu ihrem Atelier öffnete und in die Nacht hinaustrat, war die Luft frisch und klar. Die Neonlichter leuchteten hell, und für einen Moment fühlte es sich an, als ob die Stadt sie willkommen hieß. Sofie atmete tief ein und ließ die Kälte der Nacht durch ihre Lungen strömen. Es war Zeit, sich auf den Weg in eine neue Zukunft zu machen, eine Zukunft, die sie selbst gestalten würde. Ihre Kunst würde sie begleiten, ein ständiger Begleiter auf ihrem Weg zur Selbstverwirklichung.

Mit jedem Schritt, den sie machte, spürte sie, wie die Freiheit näher rückte. Sofie war bereit, die Herausforderungen anzunehmen, die das Leben für sie bereithielt. Sie wusste, dass der Preis der Freiheit hoch sein konnte, aber sie war entschlossen, ihn zu zahlen. Denn in ihrem Herzen brannte das unaufhörliche Verlangen nach Selbstverwirklichung, und nichts würde sie davon abhalten, ihren Traum zu leben.

18.1 Sofies endgültige Entscheidung für ihr Leben

Neonlichter tanzten über Sofies Gesicht, während sie in der düsteren Gasse verweilte und den pulsierenden Lärm der Stadt um sich herum aufnahm. Diese Geräusche waren wie ein vertrauter Begleiter, ein monotoner Takt, der das Muster ihres Lebens bestimmte. Doch an diesem Abend schien alles anders. Ein unbestimmtes Gefühl von Entschlossenheit durchströmte sie, als die Kälte der Nacht ihre Haut berührte. Es war der Moment gekommen, eine Entscheidung zu fällen – eine Wahl, die ihr Leben unwiderruflich verändern könnte.

„Ich kann nicht länger in Angst leben", murmelte sie leise zu sich selbst, während ihr Blick auf den glühenden Lichtern ruhte, die wie Sterne in der Dunkelheit funkelten. Diese Lichter waren für sie sowohl ein Symbol der Hoffnung als auch der Gefahr. Sie erinnerten sie an die Träume, die sie verloren hatte, und an die Freiheit, die sie sich so sehr wünschte. Doch die Schatten ihrer Vergangenheit schienen immer näher zu rücken, und die drohende Präsenz von Anton, dem skrupellosen Zuhälter, war ein ständiger Begleiter in ihrem Leben.

In den letzten Wochen hatte Sofie immer wieder darüber nachgedacht, was Freiheit für sie bedeutete. War es nur das Fehlen von Fesseln, oder war es mehr? Die Gedanken an Lucian, den geheimnisvollen Künstler, der ihr gezeigt hatte, dass es einen Ausweg aus ihrer tristen Realität gab, erfüllten sie mit einer Mischung aus Hoffnung und Angst. Sie hatte ihn als ihren Lichtblick in der Dunkelheit betrachtet, doch je näher sie ihm kam, desto mehr fürchtete sie, dass ihre Vergangenheit sie einholen könnte.

„Was, wenn ich versage? Was, wenn ich alles verliere?" Diese Fragen schwirrten in ihrem Kopf, während sie durch die Straßen schlenderte. Ihre innere Zerrissenheit zwischen dem Überleben im Rotlichtmilieu und ihren Träumen wurde unerträglich. Sofie wusste, dass sie sich entscheiden musste, ob sie bereit war, für ihre Träume zu kämpfen, auch wenn das bedeutete, sich gegen Anton zu behaupten. Die ständige Bedrohung durch ihn ließ sie nicht zur Ruhe kommen, und der Gedanke, dass er alles, was sie sich aufgebaut hatte, zerstören könnte, war ein lähmendes Gefühl.

In diesem Moment, als sie in die schattigen Gassen eintauchte, erinnerte sie sich an die Worte von Lucian: „Du bist mehr als das, was andere von dir sehen." Diese Worte waren wie ein Mantra in ihrem Kopf, das sie daran erinnerte, dass sie das Potenzial hatte, mehr zu sein. Doch die Angst vor den Konsequenzen ihrer Entscheidungen nagte an ihr. Konnte sie wirklich die Verantwortung für ihr eigenes Leben übernehmen? War sie bereit, die Risiken einzugehen, die mit dem Streben nach Freiheit verbunden waren?

Sofies Herz pochte schneller, als sie an einem alten Graffiti vorbeiging, das die Worte „Freiheit ist ein Kampf" verkündete. Diese Worte schienen direkt an sie gerichtet zu sein, als ob die Wände der Stadt ihr zuflüsterten, dass sie nicht allein war. Doch der Kampf um Freiheit war nicht nur ein äußerer, sondern auch ein innerer. Sofie musste sich ihren Ängsten stellen, den Dämonen, die sie seit Jahren verfolgten. Der Gedanke, sich von ihrer Vergangenheit zu befreien, war sowohl befreiend als auch beängstigend.

„Ich werde nicht zulassen, dass Anton mich kontrolliert", schwor sie sich, während sie den Kopf hob und den Blick auf die Lichter richtete, die die Dunkelheit durchbrachen. In diesem Moment spürte sie einen Funken von Entschlossenheit, der in ihr aufloderte. Es war an der Zeit, für ihre Träume zu kämpfen, für die Freiheit, die sie so sehr ersehnte. Sofie wusste, dass der Weg steinig sein würde, aber sie war bereit, ihn zu gehen. Sie wollte nicht länger in der Angst leben, die ihr Leben bestimmt hatte.

Die Entscheidung, die sie treffen würde, war nicht nur eine Frage des Überlebens, sondern auch eine Frage der Identität. Wer war sie wirklich, abgesehen von dem, was andere von ihr erwarteten? Sofie spürte, dass sie die Kontrolle über ihr eigenes Leben zurückgewinnen musste. Sie würde ihre emotionalen Kämpfe miterleben, während sie sich entschloss, sich von ihrer Vergangenheit zu befreien und den ersten Schritt in eine neue Zukunft zu wagen.

Mit einem tiefen Atemzug machte sie sich auf den Weg, entschlossen, ihre Träume zu verwirklichen. Der Weg vor ihr war ungewiss, aber die Vorstellung von Freiheit und Selbstverwirklichung war stärker als die Angst, die sie zurückhalten wollte. Sofie war bereit, die Konsequenzen ihrer Handlungen zu tragen, und in diesem Moment wusste sie, dass sie nicht länger in der Dunkelheit leben konnte. Es war Zeit, die Farben ihres Lebens neu zu malen.

18.2 Ein Blick in die Zukunft voller Möglichkeiten

Neonlichter pulsieren über Sofies Gesicht, während sie in die Dunkelheit starrt. Das Geräusch der Stadt ist ein unaufhörliches Rauschen, das in ihren Ohren widerhallt, und dennoch fühlt sie sich merkwürdig allein. Umgeben von der lebendigen Energie der Metropole wird ihr bewusst, dass Freiheit nicht nur ein Ziel, sondern ein Prozess ist – ein langer, oft schmerzhafter Weg, den sie bereit ist zu beschreiten.

In den letzten Wochen hat sich viel gewandelt. Lucians Einfluss hat einen Funken in ihr entfacht, der sie dazu bringt, ihre Träume neu zu überdenken. Sie erinnert sich an seine Worte: Kunst ist der Schlüssel zur Freiheit. Diese einfache Aussage hat in ihr eine Flamme entzündet, die sie drängt, ihre kreativen Talente zu erkunden. Doch je mehr sie darüber nachdenkt, desto klarer wird ihr, dass der Weg zur Selbstverwirklichung mit Herausforderungen gepflastert ist.

Was, wenn ich scheitere? Was, wenn Anton mich zurückholt? Diese Gedanken nagen an ihr, während sie in der Dunkelheit steht. Die Schatten ihrer Vergangenheit scheinen immer noch über ihr zu schweben, und die ständige Bedrohung durch Anton lässt ihr Herz schneller schlagen. Viele Entscheidungen in der Vergangenheit haben sie an diesen Punkt gebracht, und nun fragt sie sich: Wie kann ich meine Träume verwirklichen, wenn die Realität so erdrückend ist?

Mit jedem Tag, der vergeht, wächst Sofies Entschlossenheit, die Kontrolle über ihr Leben zurückzugewinnen. Sie möchte nicht länger die passive Figur in ihrem eigenen Drama sein. Die Vorstellung, dass Freiheit ein Prozess ist, gibt ihr Hoffnung. Es bedeutet, dass sie aktiv an ihrer eigenen Geschichte schreiben kann, dass sie die Macht hat, ihre Umstände zu verändern. Aber wie? Die Antwort liegt in der Kunst, in der Kreativität, die sie so lange unterdrückt hat.

Ich muss anfangen, für mich selbst zu kämpfen, murmelt sie leise, während sie in die Nacht hinausschaut. Sofie weiß, dass sie den ersten Schritt machen muss, um ihre Träume zu verwirklichen. Doch der Gedanke an die Konfrontation mit Anton macht sie nervös. Er ist nicht nur ein Mann; er ist ein Symbol für all die Fesseln, die sie zurückhalten. Die Idee, sich ihm zu stellen, ist sowohl beängstigend als auch befreiend.

In ihren inneren Monologen reflektiert sie über die Momente, in denen sie sich verloren fühlte, die Augenblicke, in denen sie dachte, dass Freiheit unerreichbar sei. Doch Lucian hat ihr gezeigt, dass es einen Ausweg gibt. Er hat sie inspiriert, ihre Ängste zu konfrontieren und die Ketten, die sie banden, zu sprengen. Sofie weiß, dass sie nicht allein ist; sie hat Elara, die Malerin, die ihr Verständnis und Unterstützung bietet. Diese Freundschaft gibt ihr Kraft, und sie beginnt zu begreifen, dass der Weg zur Selbstverwirklichung nicht nur einsam ist.

Wenn ich die Kontrolle über mein Leben zurückgewinnen will, muss ich zuerst meine Ängste überwinden, denkt sie. Sofie beginnt, ihre Gedanken in Skizzen zu verwandeln, die sie in Lucians Atelier entdeckt. Jeder Pinselstrich ist ein Akt der Rebellion gegen die Dunkelheit, die sie umgibt. Sie malt nicht nur Bilder; sie malt ihre Träume, ihre Hoffnungen und die Freiheit, die sie sucht. Die Farben, die sie wählt, sind lebendig und voller Emotionen – eine Reflexion ihres inneren Kampfes.

Doch trotz dieser neuen Perspektive bleibt die Frage: Wie kann ich meine Träume verwirklichen, wenn ich immer noch in dieser Stadt gefangen bin? Diese Gedanken führen zu einer tiefen Selbstreflexion. Sofie erkennt, dass Freiheit nicht nur das Fehlen von Fesseln ist, sondern auch die Fähigkeit, für sich selbst einzustehen. Sie muss lernen, ihre Stimme zu erheben und sich gegen die Mächte zu behaupten, die sie unterdrücken wollen.

Ich werde nicht aufgeben, flüstert sie entschlossen. Ich werde kämpfen, um die Frau zu werden, die ich sein möchte. In diesem Moment verspürt sie einen unaufhörlichen Drang nach Selbstverwirklichung, der sie voran treibt. Die Neonlichter, die einst für sie nur ein Zeichen der Gefahr waren, beginnen nun, wie Sterne am Himmel zu leuchten – ein Zeichen für die Möglichkeiten, die vor ihr liegen.

Die Zukunft ist ungewiss, aber Sofie ist bereit, den ersten Schritt zu wagen. Sie weiß, dass der Weg steinig sein wird, aber sie ist entschlossen, ihre Träume zu verwirklichen und die Kontrolle über ihr eigenes Leben zu übernehmen. Mit jedem Pinselstrich, den sie auf die Leinwand setzt, schafft sie nicht nur Kunst, sondern auch ihre eigene Realität. Und in dieser Realität ist Freiheit nicht nur ein Ziel, sondern ein Prozess, den sie mit jeder Entscheidung, die sie trifft, weiter voran treibt.

18.3 Der unaufhörliche Drang nach Selbstverwirklichung

Die Dämmerung umhüllte Eldorheim, während Sofie auf dem Dach des alten Gebäudes stand und die pulsierende Stadt unter sich erblickte. Ein sanfter Wind spielte mit ihrem Haar und brachte den frischen Duft von nasser Farbe und Asphalt mit sich. In diesem Augenblick fühlte sie sich lebendig, als ob die Welt um sie herum mit jedem Herzschlag neue Möglichkeiten entblätterte. Die Farben der Stadt schienen sie einzuladen, ihre eigene Palette zu finden, um ihre Geschichte zu gestalten.

Der unaufhörliche Drang nach Selbstverwirklichung brannte in ihr wie ein unstillbares Feuer. Sofie war sich bewusst, dass sie nicht länger in der Dunkelheit gefangen bleiben konnte. Ihre Begegnungen mit Lucian hatten ihr die Augen geöffnet; sie hatte erkannt, dass Kunst nicht nur ein Fluchtweg war, sondern auch ein Mittel, um ihre Identität zu entdecken und zu formen. Sie wollte nicht mehr nur überleben, sondern leben, träumen und kreieren. Die Schatten ihrer Vergangenheit, die sie so lange verfolgt hatten, begannen zu verblassen, während sie sich entschloss, ihre Stimme zu erheben.

„Was, wenn ich es versuche? Was, wenn ich scheitere?" Diese Fragen schwirrten in ihrem Kopf, während sie die Erinnerungen an ihre Kämpfe durchlebte. Doch die Vorstellung, in der Kunst zu versinken, gab ihr einen Funken Hoffnung. Sofie dachte an Elara, die Malerin, die ihr gezeigt hatte, dass Verletzlichkeit eine Stärke sein kann. Ihre Freundschaft war ein Anker in einem Sturm, und gemeinsam hatten sie die Mauern der Einsamkeit durchbrochen. Sofie fühlte sich, als könnte sie mit jedem Pinselstrich ein Stück ihrer Seele befreien.

In den letzten Wochen hatte sie unermüdlich an ihren Gemälden gearbeitet, jede Leinwand ein Ausdruck ihrer innersten Gedanken und Gefühle. Die Farben sprangen vor Freude, als sie mit jeder Berührung des Pinsels ihre Ängste und Hoffnungen entblätterte. Sofie malte nicht nur, um zu entkommen; sie malte, um zu leben. Die Kunst wurde zu ihrem Sprachrohr, einem Weg, um die Schreie der Frauen, die in der Dunkelheit gefangen waren, zu hören und zu verstehen. Ihre Werke wurden zu einem Manifest ihrer Selbstverwirklichung.

Doch während sie in dieser neuen Welt der Kreativität aufblühte, spürte sie die ständige Bedrohung durch Anton, der wie ein Schatten über ihr schwebte. Seine Machenschaften waren nicht vergessen, und die Angst, dass er alles, was sie sich aufgebaut hatte, zerstören könnte, nagte an ihr. Sofie wusste, dass sie sich ihm stellen musste, nicht nur für sich selbst, sondern auch für all die Frauen, die in ähnlichen Situationen gefangen waren. „Ich werde nicht zulassen, dass er mich zurückholt", murmelte sie entschlossen, während sie ihre Pinsel ablegte und sich auf die nächste Leinwand konzentrierte.

Der Preis der Freiheit war hoch, aber Sofie war bereit, ihn zu zahlen. Sie wusste, dass der Weg vor ihr steinig sein würde, doch die Vorstellung, dass sie ihre Träume verwirklichen könnte, gab ihr die Kraft, weiterzumachen. „Ich bin mehr als nur das, was andere von mir sehen", dachte sie, während sie die Farben auf ihrer Palette mischte. Ihre Identität war nicht auf die Schatten der Vergangenheit beschränkt; sie war ein lebendiges, atmendes Wesen, das nach Licht strebte.

Als die Nacht hereinbrach und die Lichter der Stadt in ein warmes Glühen tauchten, fühlte Sofie eine Welle der Entschlossenheit in sich aufsteigen. Sie würde nicht aufgeben. Sie würde kämpfen, nicht nur für sich selbst, sondern für all die Stimmen, die gehört werden mussten. „Ich werde meine Geschichte erzählen", flüsterte sie, während sie den ersten Pinselstrich auf die Leinwand setzte. „Und ich werde es mit aller Kraft tun."

Mit jedem weiteren Strich formte sich ein Bild, das nicht nur ihre Träume widerspiegelte, sondern auch den unaufhörlichen Drang nach Selbstverwirklichung, der sie auf diesen neuen Weg führte. Sofies Kunst wurde zu einem Ausdruck ihrer Identität und ihrer Träume, während sie sich auf den Weg zur Selbstverwirklichung begab. Und während sie in die ungewisse Zukunft blickte, wusste sie, dass sie bereit war, alles zu riskieren, um die Freiheit zu finden, die sie so verzweifelt suchte.

In der pulsierenden Stadt Eldorheim, wo Neonlichter die Schatten der Vergangenheit durchdringen, lebt Sofie, eine Prostituierte mit einem scharfen Verstand und einer tiefen Sehnsucht nach Freiheit. Ihr Dasein in den dunklen Gassen ist ein ständiger Balanceakt zwischen Überleben und Selbstentdeckung. Als sie sich in den geheimnisvollen Künstler Lucian verliebt, wird ihre Welt auf den Kopf gestellt. Lucian sieht in Sofie nicht nur eine Frau aus dem Rotlichtmilieu; er erkennt ihr verborgenes Potenzial und inspiriert sie dazu, ihre Träume zu verfolgen. Doch während Sofie versucht, sich aus ihrem bisherigen Leben zu befreien und einen Neuanfang zu wagen, tritt Anton auf den Plan – ein skrupelloser Zuhälter mit einer persönlichen Vendetta gegen Lucian. Anton verkörpert die dunkle Seite von Eldorheim und das System, das Frauen wie Sofie gefangen hält. Die Rivalität zwischen Anton und Lucian entfaltet sich in einem gefährlichen Spiel um Macht und Einfluss, wobei Sofies Schicksal untrennbar mit dem ihrer beiden Verehrer verbunden ist. Während Sofie tiefer in die Kunstszene eintaucht und neue Freunde wie die empathische Malerin Elara gewinnt – eine Frau mit eigenen Dämonen –, wird sie gezwungen, sich ihren innersten Ängsten zu stellen. Diese Geschichte handelt nicht nur von körperlicher Intimität oder dem Überlebenskampf; es geht um emotionale Verletzlichkeit und die Suche nach Identität in einer Welt voller Vorurteile. Die Themen der Befreiung und des Kampfes gegen soziale Konventionen durchziehen die Handlung wie ein roter Faden. In ihren inneren Monologen offenbart Sofie ihre Zweifel: *Was bedeutet Freiheit wirklich?* Zwischen den Erwartungen anderer und ihren eigenen Wünschen hin- und hergerissen, erkennt sie bald, dass wahre Freiheit oft einen hohen Preis hat. Als Anton seine Drohungen wahr macht und Sofies neu gewonnene Hoffnung bedroht, steigt die Spannung ins Unermessliche. Inmitten des Chaos muss sie entscheiden: Kämpft sie für ihre Träume oder beugt sie sich dem Druck ihres alten Lebens? „Das erotische Leben der Prostituierten Sofie" ist ein fesselndes Drama über Liebe, Verlust und den unaufhörlichen Drang nach Selbstverwirklichung im Angesicht der Widrigkeiten – eine Geschichte voller Überraschungen im Herzen eines urbanen Labyrinths.

Verlag: BoD · Books on Demand GmbH, Überseering 33,
22297 Hamburg, bod@bod.de
Druck: Libri Plureos GmbH, Friedensallee 273,
22763 Hamburg
ISBN: 978-3-8192-1106-5